ハヤカワ文庫 JA
〈JA1458〉

# ヴィンダウス・エンジン

十三不塔

JN110238

早川書房
*8590*

# 目次

第一部　釜　山　7
第二部　成　都　55
第三部　成都戴天　175
エピローグ　是正されざる世界　291
第八回ハヤカワＳＦコンテスト選評　307

# ヴィンダウス・エンジン

# 第一部　釜山

# 1

僕の世界へようこそ。

想像してみて欲しい。朝、窓を開け放つ。世界は動き出す。走る自動車、飛翔する鳥、流れる雲。しかし、すべてが動いているわけではない。

背景である道路や空は動いておらず——従って存在しない。

いったいこれはどういうことか。簡単だ。誰にでもできるシンプルな思考実験である。あなたの視野に映るものすべてから、静止しているものを差し引く。すると僕の見ている世界になる。

そう、僕には運動していないものが見えないのだ。だから、高速道路を見ても滑るように走る車しか見えない。ドアは閉まっている時は消えていて、開かれつつある時は見え、開き切れば消えてしまう。

もし、あなたが薄く眼を伏せ、キスをせがんだとしても、僕にはあなたが見えていると は限らない。僕は虚空に口づけするだろう。そこにあなたがいると信じて――

ヴィンダウス症。

近年になって確認された新たな疾患とされているが、二〇二〇年代にも同病と思われるケースが散見されており、歴史的検証が待たれる。大韓民国では二〇三一年において特定疾患の認定を受けるが、いまだ発症例は少なく、有効な治療法は見つかっていない。

僕がこの病を宣告されたのは、去年の春だ。

もちろん兵役は免除された。僕の兄貴は兵役中、陰惨なイジメに耐えかねて自殺した。もし、兄がこの病気になっていれば軍隊なんぞに行かなくて済んだし、図太くて体力にも自信のある僕なら軍隊生活をなんとか乗り切れたろう。これは神様のちょっとした取り違えの例だ。この病気になれば、軍隊生活はもちろん、通いなれた道を犬と散歩するのだって難しい。何しろ静止しているものはまったく見えないのだから。電柱も塀も見えやしない。命を吹き込まれたカートゥーンキャラのように動き続けてくれない限り。

# 2

「固視微動という言葉を聞いたことがあるかい？」

デレク・ウー医師は、症状や病理について丁寧に説明してくれた。僕はこの病気についての権威であるウー先生の住まう香港を何度も訪れたものだ。広州からアメリカへ根付いた移民三世である医師は、英語と広東語を母語とする四〇代だ。香港で開業したのはほんの数年前のことだという。

「いいかいキムくん。人間の脳はね、完全に静止しているものを見ることはできないんだ。それというのは脳が時間の中で起こる変化だけを認識しているからというわけ。定常的なもの、つまり動かないものを認識することはない」

先生の言い回しは少し難しかったけれど、おおよその意味は飲み込めた。

「僕たちは止まっているものを見ることはできない」

オウム返しってのは自分をバカに演出する簡単なやり方だ。……でも、待てよ、僕は静止しているものを見たことがあるぞ。まな板の上の木耳《きくらげ》とか、ＰＫのためのサッカーボールとか、生クリームに埋もれたチョコプレートとか。

「ああ、もちろん、止まっているものが消えてしまったら大変だ。だから、人間はカメラの方を揺さぶることにしたのさ。それが——」

「——固視微動？」

「ああ。止まっている物体を見つめている時、眼球が不随意運動で震える。それが固視微動と呼ばれる現象だ。手ブレ防止のカメラってあるだろう？　あれとは逆に人間の眼は、わざとブラすことで物を見る。どうだい？」

僕は理解を示す目配せを返した。

この時、すでに僕の病気は発症していたから、先生の全身は消えたり現れたりしていた。決して消えないのは常に動き続ける眼と口だ。顔面全体も現れ出たり、その一部たけが浮かび上がったりと忙しい。

「ヴィンダウス症というのはね、その固視微動が阻害される病気なんだね。だから君の眼は確かに見ていても、脳はそれを認識しない、ということが起こる」

「原因は？」

「完全には、わかっていない。治療法も確立されていない。なにしろ、患者の数が少ないからね。ろくにサンプルも集まらない」

この時点でヴィンダウス症の患者は世界中で六八人だったそうだ。動かないものは存在しない、と主張する六八人が、宇宙空間を休むことなく動き続ける地球の上にいる。なんだかカルトな陰謀論者になった気がした。

　きっとこの時、僕は皮肉めいた口ぶりで応じたのだろう、先生はちょっと苛立ったように早口になった。

「しかし、希望を失ってはいけないよ。この病の機序は悪くないペースで解明されつつあるんだ。私もその一翼を担っているという自負もある」

　ウー先生の顔は眼と口と頬の他は消えているけれど、どんな顔つきをしているかはわかる。きっと、得意満面の上に２％の憐《あわれ》みをまぶした表情だ。

「はい、先生、助けてください」

　空間にまぶたという切れ込みが走り、その中に蠢《うごめ》く白い眼球が光る。

「もちろん助けるとも」

　唇と歯と舌はそれだけを取り出してみると独立した生き物のように見える。

「まずは薬を飲んで様子を見よう」

　頬の咬筋《こうきん》は点滅する羽根のように上下してやがてふっつりと消えた。

## 3

その薬というのがひどい代物だった。

この世界のどんな製薬会社もたった六八人のヴィンダウス症患者のために新薬を開発したりしない。この病気は難病というよりも奇病と言った方が的を射ている。僕らに処方されているのは、だから、ヴィンダウス症にも効果があるかもしれない別の何かってことになる。象の耳糞かもしれないし、マンドラゴラの根っこかもしれない。僕はその薬を服用してすぐに、ひどい譫妄《せんもう》と多毛症に悩まされることになった。この副作用は本当にひどいものだった。僕はあやうく気のふれたチューバッカになりかけた。ヴィンダウス症患者は、ただでさえイカれてると思われがちなのに、その上譫妄まで加わったら、火炙《ひあぶ》りまであと一歩といってもいい。こんな薬は勘弁だ。金泰淳《キム・テフン》を含む、我らがヴィンダウス68《シックスティエイト》の中に薄毛で悩む人がいれば別だが。

というわけで僕はウー先生に処方された薬を、釜山《プサン》は西面《ソミョン》の裏通りに捨てた。そこは気の利いたカフェの二階で、全身脱毛と美容整形を済ませた女が兵役明けの筋肉ゴリラと指を絡ませるような場所だ。ボードゲームをしながら水煙草を味わえるのが売りなのだが、もちろん僕には、カフェの全容は見えない。上下するコーヒーカップや、貧乏揺すりする足、髪を弄る指などが虚空に浮かびあがって見えるだけだ。静止しているものが見えない僕がどうやってこのカフェまで来られたかだって？　それは、チェ・ドユンが手を引いてくれたからだ。ドユンは僕の兄貴と同じ隊にいて、兄貴がヘルメットをかぶったままライフルで命を絶つのを目の当たりにした男だった。

「喉から脳天に向けてライフルを構えて、ウヌは引き金を引いた。銃弾はヘルメットを貫通しない。内側からベルトの掛かった顎を持ち上げて、頭をポーンと引き抜いた。樽の中の海賊を剣で突き刺す玩具があるだろう？　ちょうどあんな具合にウヌの頭は飛んでいった」

だそうだ。

内向的で本の虫だった兄が軍隊生活に馴染めるとは思っていなかったけれど、まさか死ぬとは考えなかった。ヴィンダウス症に罹った僕がその現場にいたら、突如、空中に兄貴の頭が現れ、シャンパンのコルクよろしくふっ飛んでいく様を目撃したろう。ドユンはイジメに加担はしなかったが、兄貴を守ることができなかったことを悔いている。律儀な男だ。兄貴だって恨んじゃいないと思うよ。

「で、薬を止めるのか？」

「うん、気分、最悪でさ」

僕はドユンの動く唇と瞬く眼に向かって言った。

ストローの先から水滴が垂れているのが見える。すると縮まったストローの袋が芋虫のように蠕動《ぜんどう》する姿が現れた。短命な芋虫が蝶にならないまま消えてしまう一方、虚空の平面上では、ガラス壺の内壁に象《かたど》られた水の塊が、収める器もなく、それ自体としてブクブクと泡立っている。その上には、赤く熱せられたココナッツの炭が赤く、これまた何の支えもなく浮遊しつつ明滅する。吸い口から引き込まれた空気が、炭を熾《おこ》し、水を動かすという一連の変化。それだけを純粋に抽出して僕は見ている。

なんという世界だろう。美術の教科書に載っていたシュールレアリズムの絵画が動き出したらこんな感じに違いない。

――ほら、ドユン、見えるかい？

切り取られた前腕部がダンベルを上下させる様が。ホイルスピンするタイヤと跳ね上がる泥であれば、タイヤが路面を噛んだ瞬間、前進する車体が召喚される。ボディ無きヘリのローターは回転しながら虚空をホバリングする。これらは、ほとんどの人間にとって悪夢じみた光景だったとしても、僕にとっては見慣れた現実なのだった。

「俺には想像もできない。止まっているものが消えてるなんて」

ゆっくりと首を振るドユンの顔全体が視界に映じた。連動して動く肩も見える。消える鼻。現れる眉。間欠的に明滅するこめかみ。フラッシュする福笑いに鈍い相槌がオーバーラップする。この虚無と肉片のパッチワークを人間と呼ぶべきだろうか。

「ああ、正確に言うとね、動いているものじゃなくて変化しているものなら見えるんだ」

「わからないな」傾げる首が言う。

「たとえば、定点撮影で街並みを撮るとするよね。じっと見ていても変化に乏しい。でも数時間分の映像を早回しにすると太陽の向きや光の強さが変化していることがわかる。影も動く」

「そうだな」

「つまり、普通にしてると僕には見えないけれど、早回しにすると見えてくるんだ。それは変化が急激でわかりやすいからだ。脳がこれは変化だと認識して像を結ぶからね」

「なるほど、わかったぞ、おまえの脳はだな、情報の推移を認識するってことだな」

「そう」今日のドユンは物分かりがいい。

「運動は位置の変化だけど、色や向き、形状の変化でもいい」

「お見事だよ、ドユン、あなたは本当にドユンかい？」

「こいつ、バカにしやがって」ドユンの手が空中に現れて、同じく現れた僕の頭を小突くのが、突如として出現したガラスに映って見えた。

——つまり、こういうことだ。

ガラスは運動していないが、僕らの運動を映し出すという変化を被ったことで、だしぬけに見えるものになった、というわけ。

「とにかく薬はもう飲まない」

そう言って僕は薬のタブレットをテーブルの下に落とした。テーブルの存在は肘を乗せている感触でわかる。では、肘が存在していることはどうしてわかる?

動かせば見える。なら、動かす前には? さぁどうだろう。

この身体はどのように存在しているのだろうか。血流、神経の微震、筋線維の収縮を感じられないならば、それは存在していると言えるのか。微睡《まどろ》む非運動体と同じく、自己もまた不動の死物だ。

ヴィンダウス症であるなしにかかわらず、五感で受け取る情報は、その実在を意味しない。見えていたからといって存在するとは限らないし、その逆も然りだ。聴こえない歌が耳元で鳴っているかもしれないし、嗅ぐことのできない香りに包囲されているかもしれない。

「薬が床に落ちた。落下という変化のさなかだけ僕は見る。そして消えた」

それはまるで〝捨てた〟という行為までが消えてしまったかのようだった。巨大な消失が全方位から僕を取り囲んでいる。

# 4

僕は自分なりに世界を取り戻そうとした。
もう一度、見えなくなった部分を可視化するためには、その変化を感じ取ればいい。僕の出した推論はこうだ。

前提1　僕の脳は変化だけを可視化する。
前提2　この世界では実のところ、すべては変化しつつある。（それを感じとれないとしても）
仮説　変化を感得したところに可視化は起こる。
結論　ゆえに、変化を拾い続けろ。集音マイクで雑踏の音を拾い集めるように。

視覚以外の知覚も総動員して、世界の変化のパラメーターを感得し続けるならば世界はもう一度現れ、そしてあわよくば消えずにいてくれるはずだ。

しかし、言うまでもないことだが、それは至難の業だった。

たとえば、どんなものでも摩滅し、酸化し、崩壊を起こしている。ミクロのレベルで起こるそれを僕らは〝変化〟として認識できない。つまり、人間の粗雑な知覚にとって、それは無変化の状態にあることになる。金属の酸化、鉱物の風化、海岸線の浸食作用、原子の崩壊などを僕らの生きる時間のスケールと知覚では変化としてとらえることは不可能だ。しかし、それでも確かに変化は起きている。

「それを捉えることができれば、僕はまた見えるようになるはずなんだ」

僕はドユンに言った。

「確かに、新築の家も、眼に見えないが、どんどん値打ちが下がっていくもんな。三年も住めば見た目はピカピカでも半額以下さ」

除隊したドユンは不動産屋でマンションを売っている。この時のドユンがどんなふうに見えていたかは想像にお任せしよう。

窓の外では降りしきる雨と走る車、道行く人々が見えた。窓が見えたのは、そこを伝う水滴のおかげだ。大量の水がアスファルトに流れているから、こんな日は可視化の範囲が広い。

「だんだん冷えていくマグカップ。僕はこの温度変化そのものを認識しているから、ほらマグカップが見える」

　僕は自分に言い聞かせるようにして見えない手元を見たが、あるべき場所にカップはなかった。軽く手を動かすとレモン色のカップがそこに現れた。ダメだ。微細な変化の傾斜そのものをキャッチするのは難しい。

「でもさ、その……固視微動ってのは言ってみれば、画面を揺さぶって環境を視覚化するって仕組みだろ。だったらおまえも常に頭を振ったり、視線をキョロキョロ動かしたりすればいいいんじゃないか？」

　いい質問だ。カメラである視覚そのものが動いている時、世界は消えない。だから歩いていたり、走っていたりする時は、ほぼ健常者と同じものを見ていると言っていい。

「ヴィンダウス症の恐ろしさはそこなんだ」と僕は説明する。「この症状は、進行すると視覚のブレを補正してしまうんだ。まるで性能のいいカメラみたいにね」

　デレク・ウー先生の言葉を思い出す。

　――手ブレ補正のカメラってあるだろう？　あれとは逆に人間の眼は、わざとブラすことで物を見る。

　だとしたら、僕の眼はあえてブレないことで物を消去していくわけか。

「おまえの症状は、その……どこまで進んでるんだ？」

「僕のブレ補正機能は最新のカメラでも敵わないくらいになってる。飛んでも跳ねても、世界はブレず、つまりは消えたままだ」

明るく言ったはずなのに、ドュンは暗くなって消えた。そうだ、表情に変化が乏しくなって、ドュンは僕の可視領域から外れてしまう。

ここはドュンのアパートだろうか、それとも僕の部屋だろうか。見えるのは時計の秒針だけ。秒針だけが虚空を回転し続けている。

もうすぐ僕の症状は完成するだろう。

どんなバネやジャイロの補正よりも完璧にブレなく捉え、そのことによってすべてを抹消する機能が。

## 5

僕の訓練は続いた。

生まれてこのかた発揮したことのない集中力で事象の変化を感じ取ろうとした。空気を漂うにおいの推移を、肌に触れる湿度の変化を——味覚で、聴覚で、ほんのわずかな、毛の先ほどの兆しを読み取ろうと奮闘した。

僕は一日に数度、過度の集中によって失神した。

でも、やめることはできない。成功しなければ、世界が消失してしまうのだから。部屋には、兄の遺品である玩具たちが溢れている。宙を周回し続ける列車。ひたすらにシンバルを打ち鳴らす、身体なきゴリラの腕。櫛歯とシリンダーだけが剝き出しになったオルゴールの動きは緩慢で、か細いメロディーと一緒に、いまにも消え絶えてしまいそうだ。すでに消失してしまった無数のフィギュア。ソフトビニールの怪獣とヒーローたちに呼びかけても応じる声はない。ブリキのロボットたちはどこだ？　地球の命運は誰に預ければいい？

僕は兄の死を思った。ライフルを喉にあてがい引き金を引くまでの数秒、どれだけの永遠がそこに流れただろう。

——死。

それは向こう側を絶対に見せてはくれない試着室のカーテンだ。あっち側では、どんな衣装に着替えさせられるかわかったもんじゃない。不似合いなタキシードを着た兄を想像して思わず吹き出す。それから涙が出た。

それともそっちには本当の不変があるのか？

「僕を助けてくれ、ウヌ」

兄の名を呼ぶのは何年ぶりだろう。

兄貴、世界を再創造する力をくれ。

まぶたの裏で、一張羅の兄貴がはにかみながら首を振った。イメージは脳内で像を結ぶものの、ひとたび眼を開けば、そこには運動と白けた虚空との不気味なモザイクがあるだけ。灼《や》けつくように喉が渇く。非空間化され、霞がかった部屋の片隅をまさぐると、空中から花びらを取り出すマジシャンのように僕はマイナスドライバーを手にしていた。ありがたい。手がひどく震えるせいで錆びついた工具は実体として消えずにいてくれる。こいつを喉に突き立てれば——この渇きから解放されるだろう。そうすべきだろウヌ?

そして僕はこの日、三度目の気絶をした。

ぼんやりと眼を開けると部屋が見えた。認識の死角に消えていった、たくさんの玩具たちだけでなく、ベッドが、床が、天井が、フィギュアを詰め込んだアクリルケースが、フェンダーのギターが、壁にピンで留められた写真が、

——すべて見えた。

あらゆる怪獣とヒーローたちが戻ってきた。行き過ぎたミニマリストのそれのように空っぽ同然だった部屋が、いまや押し合いへし合いの混雑の様相を呈している。

ヴィンダウス症が出ていない？

そうじゃない。固視微動は戻ってきていない。だが、僕の知覚が世界のどんなわずかな変化をも捉えているがために世界は在るのだった。少なくともこの部屋にあるすべての物質における変化の推移を僕は感得している。

音響に軋む壁、湿度によってたわむ建材、その湿度と気温の滑らかで気取らないダンス。時計の歯車の振動や僕の着ているセーターの毛羽が擦れ合う微動から電子のゆらめくスピンに至るまで、僕はすべてを感じていた。

それゆえに何もかもが再視覚化されていた。

ひと昔前、日本のアニメや小説では異世界に転生するというネタが流行ったそうだが、僕はといえば世界の方を召喚した。

世界を再視覚化《リヴィジュアライゼーション》することで転生《リインカーネーション》させたのだ。

自分で望んでおきながら、なぜこんなことが可能なのかわからなかった。あれだけの集中でも不可能だったことが、いまでは何の苦も無くできている。

それだけじゃない。この無限の変化のさざめきの中に、ひとつの大いなる統合が聴こえてきた。宇宙の全容ではない、宇宙さえその要素として含む何かの全容が在る。

――総体と全容。

ドユンが知ったら、と僕は思った。

イカれちまったのかと驚くだろう。明滅する福笑いではなくなった、その顔を見るのが楽しみだった。

# 6

「ついにイカれちまったのか？」

ほらな。ドユンは冷麺をすすりながら言った。

口の中に吸い込まれていく冷麺だけが見える、わけじゃない。いまやドユンの全体が見える。固太りの冴えない男がそこにいた。ボーダーのラガーシャツに色褪せたジーンズを合わせている。髪型はドユンよりひと回りは若いアイドルの真似だろう。真っ青に染めていないだけマシだが。

改めて紹介しよう、これが愛すべき我がチェ・ドユンだった。

すべてがくっきりと視界のキャンバスの中に描き残しもなく収まっていた。なんと素晴らしいこの世界。

「そうかもしれない。でも僕はこれでいい。イカれたままで」

「なぁ、母《オモニ》さん、テフンが悟りを開いたお祝いにプデチゲをご馳走してやってくれ！」

ドユンが厨房に向かってわめいた。そう、ここはドユンの母の食堂なのだ。

僕たちは食事を終えると、海雲台《ヘウンデ》のビーチをブラブラ歩いた。

目覚めの日から何日たっても世界はこぼれ落ちる心配はなかった。むしろ圧倒的な情報量で迫ってくる。このビーチに佇んでいてさえ、大量の変化の波《サイン》が押し寄せてくる。それを僕はひとつひとつ聞き取りながら、同時に聞き流していく。

「なぁテフン。聞いてくれよ」とドユンがバツの悪そうな顔で言う。

「なんだい？」

「イ・ユナにプロポーズしようと思う」

「彼女はドユンの頼みならなんでも聞いてくれるよ。ドユンの壮絶に汚い部屋を掃除してくれたんだ。結婚には消臭剤もビニール手袋もいらないだろ」

「まったく、テフン、おまえもうちょっとマシな気休めが言えないのか。だいたいおまえは年長者に対して敬語もなしだ、そんなじゃ厄介な病気が治ったからといって……」

「わかった、わかったってば」

ドユンの説教は本気じゃない。イ・ユナのことで緊張しているのだろう。イ・ユナは兄貴の彼女だった人だ。僕の意見が気になるのもわかるけど、もちろん僕はなんとも思っちゃいない。兄貴だってドユンなら喜ぶはずだ。こじんまりした玩具屋の店主となって、はにかみ屋のイ・ユナと平凡に年老いていくことを兄は望んでいたが、彼自身のいない世界では、イ・ユナは信頼できる親友の隣にいるべきだと考えるだろう。

「……指輪も用意した！」

「うん。安物だけど愛がこもってる」

「おまえ見てもいないくせに安物だってなぜわかる?!」

「いいから、いいから」と僕はドユンの肩に手を回し、波打ちぎわで靴を濡らしながら、たっぷりとドユンをからかった。

結婚によって、ひとりがふたりになるのは悪いことじゃない。

それは数と価の変化であり、さらなる何かだ。

# 7

ウー先生の対面診察は四か月ぶりだった。

香港への渡航費用もバカにならないから、最近は釜山・香港間でのテレビ電話による問診で済ませていた。僕は薬を飲んでいないことを隠していたし、もう治療の必要もないことも黙っていた。たまに香港に来る時は、まとめていろいろな検査をしたものだったが、今回は問題が起きた。

ウー先生は僕の脳のＭＲＩ画像を見て血相を変える。

「信じられん。君の脳は……形状が変わった。前回までは確かに普通だった。しかし、これは――」

「いろいろ心境的な変化がありまして」

「心境の変化で脳が変わってたまるか」

ウー先生らしくない興奮ぶりだった。

「わたしは脳の専門家じゃないが、これは尋常ではない」

このままじゃモルモットにされる予感がしたから、僕はとうとう言うべきことを切り出した。

「ウー先生。その言いにくいんですが、僕にはもう治療は必要ありません。よくなったんです」

「なんだと、完治したというのかね？」

「ええ、先生の足から今飛んでったスリッパ、あそこにある、ええ、裏返ってますよね」

ウー先生はスリッパと僕を交互に見た。まさか君たちが知り合いだったとは、とでも言いだしそうな顔で。

「ええと、だからいろいろお世話になりました。感謝してます」

僕は深くお辞儀をした。

戸惑いを隠せないウー先生だったが、ベテラン看護師の棘のある視線を浴びると「そうか」と言った。「患者が健康になる、医師にとってそれに勝る喜びはない。ただ、医師の責任として、君の病状の経過を見守らなければ」

僕はそっと手を差し出し、長年の戦友であるウー先生と握手をした。僕にとっては別れの挨拶のつもりだったのだけれど、先生からしてみたら別の意味があったのかもしれない。先生の手の中にある無数の変化の束を僕は読み取った。脈拍や手の湿り気、握力の加減……。

「先生、少し睡眠が浅いでしょう？　お酒を減らして自転車を買うといいですよ」

「……なんだって？」

「心臓が弱ってます。きっとお気に召すサイクリングロードが見つかるはずです。沙田《サーティン》から出ているコースはいかがですか。大美督《タイメイトック》ではなく烏渓沙《ウーカイサー》へ続くコースへ。ビーチがきれいだし、潮風も気持ちいい。心臓に負荷をかけないようにゆっくりと漕ぐんです。バターにナイフを入れるみたいにね」

「いや、そうじゃない。私が君に言いたいのは……」

僕は先生を無視して自分のMRI画像を眺めた。

眼に飛び込んできたのは、菩提樹《ルドラークシャ》の実のような美しい構造だった。

# 8

僕がヴィンダウス症を克服してちょうど一年ばかりが経った頃、サンギータ・レグミはやってきた。渡された名刺にはこうあった。

――トリヴァンドラム物理センター所長。

――バンガロール大学理論物理学科准教授。

二四歳になったばかりの僕は、ドュンに紹介された〈洞窟《ケイヴ》〉に勤務していた。正しくは〈プラトンの洞窟〉、VRを使った資格取得スクールである。ここのインストラクターである僕にサンギータは英語で話しかけてきた。

「ヘイ、キム。探したわ。あなたに協力して欲しいの」

「君は？」

「サンギータ・レグミ。デレク・ウー医師をご存知？」

「最近はご無沙汰だけどね。彼は元気かな？」

「一五段変速ギアのロードバイクを買ったわ」

　サンギータは、インドからわざわざ僕に会いにきたという。ヴィンダウス症の経過について知りたいらしい。まだ二〇代に見えるが、ハイブランドの青いサリーの上からビニール製のロングコートをまとった彼女は、雨の多いこの季節には相応しい姿だった。

「じゃあ、一〇分後に。海洋資源開発技師の実習観境で話そう。水深四〇〇〇メートルのコンチネンタルライズで待っててくれ。チャンネルは⑭に合わせて」

　サンギータと落ち合ったのは、一五分後だった。

「すまない。仕事が押して」

　僕たちは緩やかな大陸斜面に腰かけた。

　仮想空間でなければ、生身で生存できる環境ではない。水温一・五℃、水圧は――考えたくもない。真っ暗な深海のはずだが、設定を変更しわずかな光源を引き込む。薄明りに映し出された深海魚たちはぶしつけな客を嫌がるように冷たい水底を泳ぎ去っていく。

ていた。

「それで？」

僕は訊いた。この場所は単なるシミュレーションに過ぎず、溺死することも圧死することもないと知りつつも、本能のどこかが、ここは人の来る場所でないと警告を鳴らし続けていた。

「わたしはヴィンダウス症について調べているの」

「サンギータ。君は医者でも生物学者でもないだろ。どうして病気のことなんか？」

そう、名刺を見る限り、彼女は物理学者であり、世界に六八人しかいない奇病に関わり合う義理はない。

「……ええ、それについては、あとで話させて。ご存知の通り、ヴィンダウス症は現在は七一人の患者が報告されている珍しい疾患です」

最新情報ありがとう。喉元過ぎればなんとやら、症状を克服した僕はろくにヴィンダウス症について追いかけていなかった。加入していたニュースグループからも遠ざかっていたから、新入生が三人増えてたことを知らなかった。

「発症すれば、完治することのない、いまだ治療法も未確立の――いわゆる不治の病ね」

「何かの手違いでよくなることもあるんじゃないの」

僕は僕のことをほのめかした。

「ウー医師から報告を受けましたが、あなたでさえもよくなってはいない。固視微動は戻らず、発症前の健康を取り戻してはいない」

「完治や健康の定義によるけど、まぁ、そう言えるね」

ウー先生はやはり僕に起きた現象を吹聴しているようだ。インドくんだりから偉い学者がすっ飛んでくるほど大っぴらに。

「ただ、新しい健康を手に入れたとは言えるみたいね。別の機能によって症状の弊害を取り除いた状態。つまり、腕を無くした人が精巧な義肢で生活に不自由していないような」

「そういうことだね。腕は生えてこなかったよ」

でも、新しい腕は元の腕よりもいい具合だ。リンゴも剝ける。

「もうひとり、キム、あなたのような意味で自己回復に至った者がいるの」

お仲間がいるとは光栄だ。秘密結社ヴィンダウス68の中にそんな奴が？　いやヴィンダウス71《セブンティワン》か。

「マドゥ・ジャイン。一四歳のジャイナ教徒の少女よ」

「へぇ、その娘も取り戻したんだな」

「そう」サンギータの豊かな髪は水の中でバラバラに広がることはない。この水圧の中ではむしろ顔にはぴったりと張り付いてしまう。僕はまた設定に手を加え、この場所の物理設定のほとんどを無効にした。

「マドゥは六歳の頃に固視微動を失ったの」

僕は同情を禁じえなかった。病気を告げられた時に感じた自己憐憫と同じ程度には。

「この病の進行の果てがなんであるか、実はあまり知られていない」

サンギータは顎に指を添え、考えるポーズを取った。彼女の彫像じみた顔立ちなら深海での沈思黙考もサマになるんだな。僕がやったら破裂したクラゲにしか見えないだろう。

「脳はだんだんと運動と変化を捉える機能を衰退させていくけれど、それはまだ完全に失われない。患者は、中途半端な中吊りのまま、時折、何かが動くだけの世界、消えたり点いたりを繰り返す点滅世界でしばらくは生き続けることになる」

そうだ、部屋の明かりのスイッチをパチパチ点けたり消したりする悪戯と同じだ。オンとオフを繰り返す外界……僕なら気が狂うだろうな。

「あなたはもう一度、部屋の電気を灯したのね」

「そう。ウー先生になんて聞いてるか知らないけど」

「マドゥはあなたと逆向きに行ったの」

「というと？」

僕たちは座っているのに飽きて深海の底を歩き出した。もっと深い底へと。

　黒煙を吹き出す熱噴出孔が前方に見える。そこには無数のチューブワームと盲目の端脚類たちが生存を賭けて身をよじっている。もっと浅い場所へ戻れば美しいガラス海綿類の姿を楽しむこともできる。透かし編みのシリコンでできた白い籠である偕老同穴《かいろうどうけつ》、ビーナスの花籠とも呼ばれるそれは、インドの女の子をきっと喜ばせるはずなのに、なぜか僕たちは暗い深淵へと向かっている。

「彼女は部屋の明かりをすべて消そうとしたの。これがどういう意味を持つかあなたならわかるでしょう」

「世界を消そうとしたのか？」

「ええ、運動と変化のない世界へ。真っ白な余白《ブランク》が続く場所へ向かったわ」

　運動しているもの以外は消えてしまう症状であるヴィンダウスにとって、非運動体は無に等しい。そして無に行き着きたければ……？

「すべての現象をデジタルな刹那の瞬間として認識し続けることで、世界は細切れの停止した断片になるでしょう？」

　ストップモーションの一コマ一コマに世界を還元していくような作業。

「常軌を逸してる」

「あなたもね」

そうだ。僕がすべてをアナログな連続体として認識し続けようとしたのとちょうど逆向きにマドゥは最小単位で連続を切り刻んだ。そうすることですべてを停止させ——Poof!!——彼女の世界は消失したのだろう。

「人間の成し得る集中の極限に、あなたとマドゥは立った。そして興味深いことに二人の脳にはシナプスの増設と新たな接続が果たされた。まるで別の種族の脳のように形状も変化させてね」

「ちっ、あの香港人め。やっぱり僕の脳画像をバラまいてやがったのか」

それは新しいポルノだ。世界中の学者が僕とマドゥの脳味噌で自慰行為にふけっているに違いない。

「それで？　外界が消失した彼女はどうやって生きてる？」

「神の至福に浸ってるわ。これについてはインドの特殊な事情といってもいいでしょうね」

インドでは奇形や障害も神の力の顕れと見做されることがある。象に首を挿《す》げ替えられた神や、多面多臂《ためんたひ》の神々の住む土地だ。

「もともとジャイナ教の熱心な信者の家庭に生まれたマドゥは、症状による外界の消失を恐れなかった。というよりむしろ望んだのね」

僕は深海であんぐりと大きく口を開けていたに違いない。塩辛い水が流れ込むこともなく、しゃべり続けた。

「それで、どうやって生きることができる？」

「彼女を聖女と見做した人たちが付き添っているの」

僕は想像した。インドの農村に押し掛ける人々。ひれ伏し、ルピーと果物を捧げ、祭司に額の印をつけてもらう。

「彼女は二十世紀に活躍したアーナンダ・マイ・マーという聖女の生まれ変わりとして崇められています」

また転生《リインカーネーション》か。

とてつもない話だが、病院に隔離されるよりはよほどいい。彼女は完全看護の状態におかれ、周囲の人間は安らぎと啓示を得る。どこにも問題はない。

部屋の明かりを灯した者と消した者。

いや、彼女にとってはあの消失の虚空こそが溢れる光の世界なのかもしれなかった。僕が裸足で逃げ出した場所へ彼女は自ら飛び込んでいったのだ。僕にとってそれは、ギロチンの刃にダイヴするのと同じだったが、彼女には天国のドアだったというわけ。

「そんな」

「そのマドゥって娘の事情はわかった。で、サンギータ、あなたはどんな事情でアジアの半島まで来たのかな？」

# 9

サンギータと僕は、〈洞窟《ケイヴ》〉を出ると、現実の釜山を楽しんだ。

ガイドブックに載っている、世界でもそんなに悪くない都市釜山。

しだいに秋へと向かう季節。僕は前にドユンと歩いた海雲台《ヘウンデ》ビーチを、逆向きに歩いた。

〈洞窟《ケイヴ》〉の先輩は、サンギータが僕のガールフレンドだと早とちりして一万ウォン札を四枚握らせてくれたから、ちょっとしたモノならご馳走してやれるだろう。

「わたしの事情を話すには、もう少しマドゥの話を続けなければいけないわ」

「じゃ、どうぞ？」

僕にとっては、遠いインドで至福に浸っている女の子よりも、眼の前のサンギータの方が魅力的だ。ミルクチョコレート色の手足はすらりと長くてしなやかで、どんな遠くにあるものでも手を伸ばせば取れそうだ。朝鮮半島だって、彼女にかかれば手ごろで掴みやすいアイスのコーンのようなものかもしれない。

「インドに星の数ほど存在する聖者たちの例に漏れず、彼女も奇跡を行なったの。病気を治したり、空中から物質を取り出したりね」

「胡散臭い話だ。集団催眠、プラシーボ効果、それに手品といろいろ考えられる。いや、これは彼女に悪気があるって話じゃない。彼女を利用して一儲けを企んでいるやつがいてもおかしくないってことで」

「いいえ、彼女については現実的な科学的検証を行ったの。いまほど有名になる前のことだけど」

「うん」僕はサンギータの次の言葉を待った。

「驚くべき結果だったわ。マドゥの周囲では、物理の法則がまるで違ってしまったみたいだった。精密な実験室でしか作れない非結晶金属《アモルファス・メタル》が無数に検出されたり、氷の多型として知られる一七種類とは異なるアイスXⅧとでも言うべき秩序相、それにジャンクDNAの著しい活発化による――」

「ストップ。ごめん、ひとつもわからないや」

まるで火を見たことがない原始人を見るような眼でサンギータは僕を見た。ちょっといいなと思い始めてた女の子にこんなふうに見られるのはつらいものだ。

「つまりマドゥは本物の超能力者《サイキック》だったってわけだ」

僕の要約にサンギータは首を振る。

「彼女は、コミックに出てくるような鉄骨を捻じ曲げたり、戦車を爆発させたりする類のサイキックじゃない。あなたたちの観測行為は、能動性を帯びて、静かに急速にすべてに影響してる」

「あなたたち？　僕もそうだと？」

「可能性は高いでしょう。現象そのものを感得しようとする行為が、現象そのものに変化を及ぼす。ミクロの世界ではわりと当たり前のことね」

「だったら、引き続きマドゥの研究を続けるべきなんじゃないのか？」

「言ったでしょ。インドは複雑な国なの。聖なるものとなったマドゥには誰も触れられなくなった。もし、彼女をラボに連れ込もうとしてみなさい。わたしは八つ裂きにされて路上に転がる羽目になるわ」

ちょっと大げさだろ、と思ったが、サンギータの眼はあくまで真剣だった。

「だから、あなたに協力して欲しいの。人類と科学の発展のために」

サンギータは足を止めて、僕に懇願する。

夕映えに照らされたビーチはロマンチックという名の書割のようだった。

遠くで僕らを見ている人がいたら、エキゾチックな美女に僕が告白されていると勘違いしただろう。

僕、キム・テフンはここで人生を左右する決断を下すことになる。

サンギータと手と手を取り合い、ブッダの生まれた国へ高飛びするか、それとも大韓民国で兵役を免れた立派で一人前の男として、深い洞窟《ケイヴ》にこもるか。

僕だけのために遠い国からやってきた女の子の頼みを断ることができるのか、海の泡がはじけて消えるほどの時間をかけて答えを出した。

「ごめんなさい」

# 10

だってそうだろ？

インドでモルモットになって毎日カレーの生活が待ってたかもしれなかったんだ。僕なんかが、あんなに美しい女性とお近づきになれるチャンスはまずない。でも、科学者と被検体というカップリングはぞっとしない。

「おまえの童貞ライフここに極まれり、だな」

ドユンは左手に結婚指輪を煌めかせながら、居丈高に言った。

おそろいのティーカップだとか、お風呂は一緒だとか、靴下まで履かせてもらってる、とか宇宙一どうでもいいトピックを提供してくれる貴重な男ドユン。僕はこの男をいつか手にかける日が来るような気がしてならない。

「のろけをさんざん聞かせたと思ったら、今度は童貞ディスか。韓国で一番危険で先鋭的なグループを敵に回したな」

「インドもいいじゃないか」

「他人事だと思いやがって」

とにかく僕は丁重にお断りしたのだ。サンギータと親密な仲になりたいのはやまやまだったけど、ボリウッド版X-MENになるつもりはない。

帰国後もサンギータはなかなか引き下がらなかった。というかまだ諦めてはいない。いまでも毎日のように説得のメッセージを寄越す。

「これはもう付き合ってるのと同じだよね」

「違うな」ドユンはスマホゲームをしながら弟分の牽強付会ぶりをたしなめた。「彼女はおまえをモルモットとしか見ていないぞ。宗教もスパイスもねじ伏せて男としての気概を見せつけないからだ」

僕はいたたまれなくなってドユンの母の店を出た。代金はもちろんドユンにつけといた。

いつものように定時に〈洞窟《ケイヴ》〉へ出勤する。

客がいないうちにマシンの調子をチェックする。離脱薬のパッチを腕に貼り、ヘッドセットを装着すると僕は釜山から月面へ飛ぶ。月面作業員の実習観境。来春からなんと韓国も月面ステーション建設に着手するのだ。希望者はひっきりなしだ。僕は灰色の月面に立ち、宇宙の虚空と向き合う。地平線上に浮かぶ母なる地球にしばし望郷の念を覚える。所詮は仮想空間と言うなかれ、ヘッドセットだけでなくエプソムソルトを注入されたスーツをまとっての実習中はちゃんと六分の一Gをリアルに体感することができる。リアルな月面作業を習得するなら、我らが〈プラトンの洞窟〉がおススメだよ。

――問題ないか？

先輩からの通信が入った。

「はい。大丈夫です。今日も頑張りましょう」

そう言って仮想空間からログアウトしようとした時だった。

月の地図上で、神酒の海と呼ばれる場所に反応があった。

先に誰かがいる。

「まだ営業時間前だぜ」

気の早いお客が紛れこんだのか。受付のパク・ミョンジャは抜けてるところがあるからな、と僕は苦笑を浮かべる。

僕は神酒の海へとスキップした。仮想空間では距離を飛び越えるのは造作もない。

「お客さん、もう少しお待ちくだ――」

言葉を失った。そこにいたのは死んだ兄貴だったから。

「――ウヌ！」

兄貴は生前と変わらぬ姿で、月だというのに宇宙服もまとわず、ワイシャツとハーフパンツといういで立ちだ。なんだタキシードじゃないのか。こまめに磨かないからメガネが曇っている。月でもレンズが曇るんだと僕はバカなことを思った。

「そうかドユンだな。悪戯にしては趣味が悪いぞ」

もちろん、ここは仮想現実の世界だ。本人とは別の姿を送り込むことはできる。ここは実習観境だから、ほとんどの人間は自分そのままの姿をスキャンして投影させるのだが。

「わたしはマドゥ・ジャイン」

兄貴が言った。

それはサンギータから聞いた奇跡の少女の名前だった。

「やっぱりドユンだな」

兄貴のことを知っていて、かつマドゥについて話したのはドユンだけだったから、この悪趣味な仮装の主は、ドユン以外ではありえなかった。

「どこだ？　どこから入ってきた？」

遠くからログインすることももちろん可能だったが、まだ通いで技能を体得する者が多い。実際の工具や装備を扱いながら仮想空間に入るほうが効率がいいためだ。

「マドゥ・ジャインの身体はカルナータカ州の寝台の上にある」

「ふざけるな。しつこいぞドユン」

そろそろバカらしくなってきた。

「わたしはマドゥ。このアクセスは非公式となる。アドレスを追っても無駄だ。痕跡も残らない」

兄貴の顔をした誰かは無表情にそう言った。

「キム・テフン。あなたに忠告をしに来た」

だんだんと笑えなくなる。本当にこいつはマドゥなのか。ドユンがわざわざ兄貴の生前の姿を精巧にモデリングまでしてここに投影してくるとは思えない。兄貴が生きていた時代は、まだ各種エントリーシート用に全身の３Ｄデータを作成するという習慣はなかった。

「君が本当にマドゥなら、これもまた君の奇跡だってわけか？」

「奇跡《シッディ》か。我々が月にいるということほど奇跡的なことはあるまい」

「これはヴァーチャル空間だ。コンピューターが作り出した幻影だ」

「すべてが幻影なのだ」厳然とマドゥは言った。「君がサンギータの誘いを断ったのは賢明だった。彼女は物騒な企業の後押しを受けている。もし君が協力したならば、大変なことになっていただろう」

「大変なことって？」

「積み重なる死。それもまた幻影だが、生には貴重なチャンスとしての価値がある」兄の姿をした存在はちょっぴり自分の死を悔やんでいるように見えた。

「どういうことだ？」

サンギータの研究内容が恐ろしい大量破壊兵器を生み出すのか、それとも時空を歪める悪魔の装置を作るのか。マドゥを名乗る兄貴の姿をしたものはゆっくり首を振った。

「生という移ろいやすい舞台の上でこそ、人は神へと心をゆだねることができる。キム、あなたもヴィンダウス症というまたとないチャンスを与えられながら、こちらへ踏み込まなかった。儚い幻影に魅かれた」

「ああ、僕はこの世界が在るように望んだんだ。君とは逆にね。それが僕にとっての明るい部屋だった」

「――明るい部屋か。わかった。君はそこにいるがいい。サンギータの誘いには引き続き耳を貸さないことだ」

「わかったよ」

この期に及んで、僕はまだドュンの悪ふざけだという線を捨てていなかった。そんな僕の内心を読んだようにマドゥはこう言った。

「これを君に」

マドゥが投げ渡したのは月の石だ。コンピューターによって仮構された月の石。重さも手触りもあったが、この仮想空間でだけ、実体を持つ仮初《かりそめ》の石。放り出されたそれは弱い重力のせいでゆっくりと山なりの軌道を描く。

「テフン」

マドゥが言った。いや、その声は兄貴のものだ。

「テフン、ドュンの奴に伝えてくれ。彼女を幸せにしてくれ、と」

「わかったよ、わかったけどさ――」

弟に言うことはないのかよ。兄貴らしいといえばらしい。兄貴の眼の奥から、インドの少女の透明な視線が僕を射た気がしたが、それも錯覚かもしれない。

僕は〈洞窟《ケイヴ》〉からログアウトした。

月面から舞い戻った僕は地球の重力を味わう。

ヘッドセットを外し、大きく息を吐くと、先輩が怪訝そうに僕を見た。

「キム・テフン、その石をどこから？」

僕は握りしめた左手の中身から眼が離せなかった。

# 11

奇跡というのは、イカれた現実の別名だ。

僕が仮想の月面から持ち帰った石は、韓国航空宇宙研究院に鑑定をゆだねたが、悪戯と見なされて突き返された。〈洞窟《ケイヴ》〉の防犯カメラをチェックしてみると、出勤した僕のズボンのポケットに不自然な膨らみが確認できた。あの石を僕は気付かぬまま持ち込んでいたのかもしれない。しかし、それとて仮想現実の物体が実体化するのとさして変わらぬ奇跡だ。インドから韓国の僕の意識下の行動を操作するなど信じがたい離れ業だった。

僕は七転八倒ののち考えるのをやめた。

同じ頃、新婚旅行中のドュンから絵葉書が届いたが、そこにはローマのコロセウムの写真と殴り書きのハングル文字があり、僕はそれを一瞥するとデスクの前の壁にピンで留めた。さて次の便りは――最近ようやく間遠になったサンギータからの説得のメールかと思ったが、そうではなかった。ここしばらく確認を怠っていたメールボックスには、デレク・ウー医師からの熱烈な誘いの言葉が溢れかえっていた。時系列にそって古いものから開封していくと、さして時間はかからずにウー先生の言いたいことは飲み込めた。どうやら、ヴィンダウス症の究明に大きな進歩があったらしい。ついては、極めて特異な寛解《かんかい》への経過を辿った僕の協力を要請するとある。

〈寛解〉

それはどんな意味だったろうか。

【全治してはいないが、症状がおさまって穏やかであること】

この地球上でたった二人だけ寛解へ至ったのがキム・テフン、そしてマドゥ・ジャインである。確かに貴重なサンプルであることは間違いない。僕とて同じ病気に苦しむ患者のため、この身を捧げるのにやぶさかではない。しかし、ウー医師は僕の症例を世界中の研究者にバラまいた疑いがある。そのせいでサンギータという美しくも危険な香りのするインド女性が僕の人生に登場したのだった。

「香港人はもう信用しない」

僕はひとりごちた。ドユンがそばにいれば相談するのだが、彼は新妻とヨーロッパを周遊しており、今頃はスペインの片田舎で牛にでも追いかけられているに違いない。マドゥはとんでもない方法でサンギータに近づくなと伝えてくれたが、ウー先生については何も言っていない。

インドと香港の綱引きの間に立たされた僕はどちらにも応じないと決めた。たとえ法外なギャラを提示されていても、だ。僕にはようやく手に入れた健康な身体とマンネリでも堅実な就業先がある。同じ病気に苦しむ人たちを助けたい気持ちはあるが、僕は自分で思うほど慈善家でもロマンチストでもなかったようだ。これからはヴィンダウス症などという奇病に罹っていたことはすっぱり忘れて人生を謳歌したい——

が、そこに青天の霹靂《へきれき》とも言える事態が起こった。

## 12

同僚のパク・ミョンジャからの電話は珍しかった。

「キム。大変よ、〈洞窟《ケイヴ》〉が営業停止処分になったわ」

その時、僕はといえば、部屋でビデオゲームに夢中だった。ヴィンダウス症の寛解以来、どんなゲームも楽勝で、難易度をハードからナイトメアに上げてもまるで歯応えがない。反射速度や動体視力が向上したのではない。寛解した新しい脳は、僕の行動様式を外界と折り合いのつかない幼児同然のものと改めて見なすことで抜本的な再学習を開始したのだ。

これは僕の努力でもなければ決意ですらない。成人とて歩くことや食べることにおいて習熟しておらず洗練から遠いが、僕の脳はそんな不備を見逃さなかった。さらに高度な運動となれば、なおさら無限に成長の余地がある。そんな自分自身に、僕はまだいくらか戸惑っていた。電話を受けたのは、ちょうどロシア産超難解ゲームを鼻歌混じりにクリアした時だった。

「どういうこと？」

「どうもこうもないよ、オーナーがやらかしたの。あのハゲ、離脱薬にまだセプラードを使ってたの！」

「マジか。メセドンに替えたって」

「在庫が大量に余ってたから無くなるまで使おうとしたみたい。そこに手入れが入って一発アウト」

VR空間への没入を助ける離脱薬には、セプラードという薬が使われていたが、最近になってその副作用が危険視され薬事法はそれを禁じた。間質性肺炎やアナフィラキシーショックなどの症状が認められたからだ。僕はほとんど影響を感じたことはなかったが、体質によってはネガティヴな作用が発現する場合がある。実を言うと僕はそれを〈洞窟《ケイヴ》〉に勤める以前から安価な脱法ドラッグとして使用していた。通常空間においてセプラードは笑気ガスに似た効果を及ぼすためささやかな憂さを晴らすにはぴったりの嗜好品として街に出回っていた。店長も在庫を抱えるのが嫌なら、僕に預ければよかったのに。

「ドケチだし、そもそも従業員をなんだと思ってんのよ！」

受付のパク・ミョンジャは離脱薬を使う業務はなかったが、仰る通り、オーナーの非人道的な方針には許しがたいものがある。

「ってことはつまり僕らは――」

「そ、失業よ」パク・ミョンジャはそう告げると荒っぽく通話を切った。

数秒ほど宙を仰いでから、僕はウー医師からのメールに返信をした。テレビの画面にはゲームのエンドロールが流れていたが、プレイヤーである僕にとってこれは新しい何かの始まりだった。

# 第二部　成都

# 1

出迎えたウー医師は元気そうな僕の姿に驚いたけれど、僕だって浅黒く健康的に日焼けしたウー先生に眼を丸くしたと思う。

「君に勧められて以来ハマってしまってね。いまやサイクリングは第二の人生だよ」

先生の大腿部は細身の女性の腰ほどの太さがあった。白く光る歯は清潔感を通り越して作り物めいている。

「研究所には居心地のいい部屋もあるが、気に入らなければ外で見つけてもらってもいい、成都《せいと》は我が国における、疫学、神経科学、遺伝子工学などのメッカとなりつつある。きっと実りのある研究ができる」

僕は香港ではなく、中華人民共和国四川省は成都に降り立った。ひっきりなしに人が行き交う双流《そうりゅう》国際空港のコンコースで僕らは視線と握手を交わした。

「サンギータを送り込んだのは先生ですか？」

僕のトランクを引きながら、ウー先生は気まずい表情になったが、タクシーに乗り込む頃には持ち前の明るさを取り戻した。

「あれについては、彼女の独断だよ。私は君の個人情報を明かしてはいない」

「わかりました。信じます」

「どうだい、成都の街は？」

蜀の都として名高い四川の省都は、中心部に伝統的な街並みを残したまま郊外と地下部分に先進的な都市機能を配備した、古く、そして新しい街だ。上海、北京、深圳などに続く高度にキャッシュレス化した経済圏を誇り、虹彩と声紋のスキャンによって、屋台から小売店までほぼすべての支払いを済ますことができる〈先進技術実証特区〉である。古びた石畳の内側には電子回路と光学的デバイスが静脈のように埋設されている。旧市街の老朽化した高層ビルの間を縫うように飛ぶエア・レースでも名高い。

壮麗にして空虚なだまし絵成都。

主治医であるウー医師がここ成都の研究施設に引っ張られたのであるから、僕の次の人生のシークエンスも同じくここ成都で繰り広げられるというわけだ。

「風情がありますね」

僕は新陳代謝する都市の律動に耳を傾けた。

水路のさえずり、タイヤと路面が奏でる摩擦の音階、若者の嬌声、気象衛星から降る情報《ビット》の雨音……変化の総体が僕にとっての成都を現前させていた。

「気に入ったかい？」

「ええ、とても」

埃っぽい路面を疾走する自動タクシーは、中央五区を縫って、青白江区で停車し、僕ら乗客を吐き出した。

「わたしは香港が懐かしいよ。さぁ着いた、四川生化学総合研究所だ」

故郷に後ろ髪を引かれつつも、ウー先生は現在の勤務施設への思い入れも隠さなかった。

それはものものしい威容を誇る、巨大で武骨なコンクリート塊だった。成都の中央部には、高層建築はほとんど残っていない。都市機能の大部分は地下に埋設され、地上は見晴らしのいい城下街のような光景を呈している。中国の未来は世界の未来、それがこの街のスローガンだ。

「ここは刑務所だったんだ。不気味だが居心地はいい」

「ウー先生はここの偉い人なんですか？」

「いや、重要ではあるが、それほど大きくはないひとつのセクションを任せられているだけだ」

「ヴィンダウスは中国でも？」

「いや中国では患者はあまりいない。治療に訪れている人間も海外からだ……何人かはここで暮らしているよ」

いずれ会わせるとも紹介するとも言われなかったが、同じ病気の人間と面識のなかった僕は強く興味を引かれた。

「まずは荷物を置いてくるといい。うまい店がある。そこで夕食でも食べよう。研究の進展のあらましはそこで話そう。会わせたい人物もいる」

麻婆豆腐発祥の店として知られる陳麻婆豆腐はその長い歴史を古めかしいスライドショーにして壁面に映し出していた。ホロヴィジョンではこの風合いは望めないだろう。

僕とウー先生は瀟洒な個室で、どぎつく赤黒い豆腐をレンゲで少しずつ口に運んでいった。

「成都に来たから一度はここに来ないとね。それとも君は観光名所には興味がないかな」

「そんなことはないですよ。どこに来ても、僕は物見高いお調子者です」

僕はズボンの後ろポケットに丸めて突っ込んであったガイドブックを取り出した。

「香港にも詳しかったからね」

ウー先生の口ぶりは僕が患者だった頃より、ずいぶん砕けた調子になっていた。慣れるまで時間がかかるかもしれないが、なにしろ僕はすべての変化を歓迎すべき人間なのだ。これもまた吉と取ろう。

「さて、君の協力が得られたお祝いだ。乾杯しないか」

「いいえ、僕、お酒はダメなんです。それにまだ手伝うと決めたわけじゃない。とりあえず話を聞いてみないとね」

差し出された白酒《バイジィウ》のグラスを押し返し、僕は冷淡さを心がけて言った。

「メールでも書いた通り、ヴィンダウス症の研究は長足の進歩を遂げている。現在三六七人の患者から得られるデータは君が患者だった頃とは比べ物にならない量と質が見込めるようになった」

「……驚いたな。そんなに増えてたなんて」

「増えたのもあるが、診断から漏れていた患者がようやく認知されたということもある。ヴィンダウス症のことを知る医師も多くなった」

つまりこうだ。以前より、世界にはヴィンダウス症の患者は存在していたが、それは潜在的な形に留まっていた。世間的な認知が定着したために未知の不調だったものがようやくヴィンダウス症という名実を得た。

「とするなら、まだまだ増える？」

「ああ、不謹慎な言い方だが、このユニークな疾患は医学界では静かな注目を浴びているんだ。いや、医学の分野だけじゃない。もっと広範な分野からのニーズを得ている」

甘味、辛味、酸味、麻味、塩味の五味は四川料理において基本となる味覚である。麻とは山椒のような舌をしびれさせる味覚のことで、まさに麻婆豆腐の主要な味付けとして、僕の感覚を刺激する。味覚は、ヴィンダウス症の僕にとって、重要な命綱のひとつだ。味覚という変化のパラメーターは、共感覚的な変換を得て、世界を強く可視化させてくれる。

「ヴィンダウス症の研究は、人間の存在を根底から問い直すのに有力な材料となるだろう。君の助力はだね、我が中国だけでなく、人類全体の進歩に寄与するものとして長く記憶されることになるはずだ」

味覚が作り出す世界の量塊《マッス》を捨てて、僕はウー先生の存在にすべての感覚をフォーカスした。ヴィンダウスの症状に手も足も出なかった頃のように世界が消えていく。しかし、あの頃と違うのはどれを選んでどれを捨てるかを自分の意思で決められるということだ。

「僕なんかがお役に立てるとは思えませんが」

これみよがしな謙遜《けんそん》をしてみる。韓国人の処世術が、中華文化圏でどんな効果を発揮するかはわからないが。

「君は自分の価値がわかっていないようだな。ヴィンダウス症を寛解に持ち込んだのは君と例のインドの少女の二人きりだ。エア・レースのA級パイロットよりも稀少な存在なんだよ。君は体重と同じ重さの黄金ほどの価値がある」

ウー先生の呼吸と脈拍に甚大な変化がある。瞳孔の微妙な拡大などはわかりやすいが、さらに僅少な変化なら数知れず、全身の毛穴がやや窄《すぼ》まり、見て取れぬほどの加減で頭髪が逆立っている。血液の粘度が増し、脳の代謝物質のシンフォニーがささやかだが決定的な不協和音を奏で出す。ドーパミンのビートが乱れる。これらはアルコールのせいばかりではない。虚偽による無意識の緊張のせいだ。

「バラバラに砕かれたり、引き裂かれても黄金の価値は変わらない。でも、僕はそんなふうになりたくはない。巨大国家の繁栄のための取るに足らない犠牲になんてね」

「無論だ。文化再革命ののち中国は限りなく民主主義国家に近づいた。私が愛する香港を捨てて四川に来たのは、現行の中華人民共和国に信頼を寄せているからだ。君が非人道的な目に遭う心配はない」

鳴りやまない嘘のサイン。

僕の見立てでは、ウー先生は何か巨大なものに取り込まれ、かつてあった良心というシリンダーをすっぽり引き抜かれてしまっている。いまや飴と鞭の区別すらついていているかも怪しいものだ。

「では、そう期待するとしましょう。さて、ヴィンダウス症について解明された新しい事実について聞かせてくれますか？」

「ああ、もちろんだとも」と先生は汚れた口元をナプキンで拭い、財布から札束を抜き出した。

キャッシュレス社会でも大金を見せつけることはいまだ有効な示威行為となる。ウー先生は服務員のエプロンポケットに高額のチップをねじ込み、その代わりに、しばらくこの個室に誰も近付けるな、と言い含めた。

「我々はヴィンダウス症の患者たちから、多くの共通項を抽出することができた」

「興味深いね」

「ひとつは主食がトウモロコシ、米、小麦、キャッサバ、ジャガイモなどであること」

下らない統計だ。肉と魚を主食とするイヌイットにたまたまヴィンダウス症の患者がいないからといって、それで重要なことが明らかになったとは思えない。世界の大半がウー先生の挙げた食物を胃に押し込んでいる。

「もうひとつは、社会にどこか居心地の悪さを感じていながらも、なんとか周囲に溶け込もうと必死に努力していること。妄想癖があり、コミックやアニメ、ゲームなどに一定の嗜好を示す」

「バカげてる」

とうとう僕は口にしてしまった。

放火犯や性犯罪者についての稚拙なプロファイリングにもならない。犬や猫にだって当てはまりそうだ。化石同然の保守的な識者の言いそうなことだ。いや、中国ではそんな意見も真っ当に受け止められているのか。

これが進展だと？　たぶんウー先生一流のジョークなのだろうが、僕の好みじゃない。僕は韓国にとんぼ返りしたくなった。

次のウー先生の言葉を聞くまでは。

「最後のひとつは……ヴィンダウス症の患者のすべてが兄弟姉妹を失っていることだ」

「――なんだって？」

「驚くだろう。そうなんだ」

「まさか」

「ああ、確認の取れるすべての患者の来歴をチェックした。ほんのわずか、本人すら認識していないパターンもあったが、流産や死産で知らないうちに兄弟を亡くしているという場合が多い。生き別れ、別居など、生活圏を離されたのちに一方が死んでいるケースも報告されている。控え目に言ってこれは異常だね。もちろん君だって例外ではない」

「バカげてる」

同じ応答を別のニュアンスで僕は発した。これはまったくバカげてる。兄弟を失うことが発病の原因となる？　そんな病気があってたまるか。

「面白いことに異母兄弟、異父兄弟ではヴィンダウス症は発症しない」

「なぜだ、先生、どうしてそんなことが起こる?!」

僕は噛みつくように迫った。

先生は穏やかに首を振った。

「さてね、それをこれから突き止めたいと思ってるんだ」

「何かあるはずだ。教えてくれ！」

「これは仮説に過ぎない。極めて個人的なね。それでもいいなら話そう。つまるところ兄弟とはなんだと思うね、キムくん？」

「兄弟とは家族だろう。眼の上のたんこぶだし、互いにかばい合ったりもする。親の愛情やお気に入りの玩具を取り合うのも兄弟だ」

「多くのメロドラマがそこから生まれる、葛藤や愛憎を通じて人間は理解する」

「何を？」僕は断っていた酒を自分からすすんで呷《あお》った。

「自分自身を。兄弟とは、そうあり得たかもしれないもうひとりの自分なのだよ。……おっと笑いを堪《こら》えているな。それとも椅子を蹴って街に飛び出したくなったかね？　あいにくそれはやめといた方がいい。降り出したみたいだよ。成都の雨は気持ちのいいものじゃない。まぁ、ナイーブでひとりよがりな思索だと我ながら思うよ」

　ウー先生の眼の周囲が赤くなっていた。アルコール度数の高い白酒のせいだ。

「続けてくれ」

「兄弟は、両親という同じ遺伝子のプールから生まれた存在だ。違うのは素材の取り合せだけだ。同じ食べ放題ビュッフェでトレーに何を載せてくるか、違いはそこにある」

「ああ」

「君はお兄さんとして生まれていたかもしれない。だが、不思議な偶然によってそうはならなかった」

　あっけなく滑稽な死に方をした兄。あっけないほど滑稽な生き方をしている僕。それは兄の弟だからだ。同じ可能性の別の様相が僕と兄なんだ。

「一卵性双生児ではない兄弟姉妹たちは、それぞれに似ても似つかぬこともある。しかし、それが故に彼らは互いの歪んだ鏡であると思わないか？　正しい鏡像を映し出さないことそのものが、自分自身を知る手がかりになるような」

「先生の言ってることは……なんていうか文学的過ぎる」

血走った眼で熱弁していたウー先生は、この僕の言葉にひるまず、さらに語を継いだ。

「兄弟、それが鍵だよ。彼らは穏やかでリラックスした関係を築くこともあれば、抜き差しならぬ間柄になることもある」

「僕と兄は普通でしたよ。それに有史以来、兄弟の死を体験した人間なんていくらでもいたはずだ。それがなぜいまになって？」

「それはまだ――」

その時、個室のドアを礼儀正しく叩く音がした。案内の女性に導かれて登場したのは、五十がらみの男で、雨滴のついたスーツに白いものの混じった髪が絵になる中年だった。自己紹介はおろか挨拶さえしないままにまくし立てた。

「確かにウー先生の話は文学的過ぎるな。実験によって確かめられたのは、チンパンジー程度の哺乳類において兄弟の喪失は脳の構造にある不可逆な変化をもたらすということだ。具体的にはＬＭＨ１２０という未知の神経伝達ペプチドが生成された。それが一定量を超えた時にまずは視覚野からの情報処理機能に不調が生じるとわかった。距離感にはじまり立体視、色感、さらには時間概念の消失など、深甚な影響を認知機能に及ぼす。性別年齢などに有意な差は認められなかったが、このペプチドの生成が何かのきっかけで抑制が効かなくなるとヴィンダウス症が発症する。そして驚くべきことに寛解時には、脳内のニューロネットワークがまるで相転移を起こしたかのように変化することがわかった。新しいタイプのニューロンが脳を変貌させる。上縦束の病変が全体化したと見る意見もあるが、それについてはまだ仮説の域を出ていない」

「こちらは？」僕は立て板に水の弁舌に呆気に取られたまま訊ねた。

——王黎傑《ワン・リージェ》。中央機構編制委員会弁公室主任。

渡された名刺には厳めしい漢字が並ぶ。少なくとも政治家であって科学者でないことは確かだった。四川省委員会組織部長でもあるらしい。外国人の僕にはよくわからない肩書だった。

「この街の王様さ」と皮肉っぽくウー医師が首を傾ける。科学者としてのお株を奪われたのが悔しいのか、さらにグラスを呷ると、大声で「小姐《シャオジェ》！」と服務員を呼びつけて酒を追加した。

「私のようにあちこち駆けずりまわっている王などいるものか。それにウー先生。『小《シャオ》姐《ジエ》』という呼びかけは蔑称であり、いまや使わないのが常識だ。古い映画に影響され過ぎだな」

たしなめながら王《ワン》は、壁に映写された記録映像を眺めた。そこに映し出される声なき人々の口元から僕は件《くだん》の単語を読み取った。変化していく言葉と偏見の残骸。ヴィンダウスであっても時空の一点に存在する限り、長久なタイムスパンでの変遷をくまなく感得することはできない。文化コードの推移もそのひとつであり、負荷と価値の絶え間ない攻防を物理現象のように見通すことは不可能だった。

呼ばれた女性服務員は気にした素振りもないが、ドンと酒のボトルを置く仕草にはお世辞にも細心さは感じられず、無表情な眼の奥では何を考えているのかわからない。大ぶりの碧玉のイヤリングが印象に残った。

——成都の王。

目の前の神経質そうな人物がそうなのか、僕には確信が持てない。

「なんでそんな人がここにいるんですか？」

「君はどんなふうにウー先生から聞いてきたのかわからないがね」

「治験のようなものだと。ヴィンダウス症の患者のための治療法を確立するために実験に協力するんだって」

「違う。まったく違う」王《ワン》は苛立たしげに目尻を上げた。「私など比べ物にならない本当の王からのご指名なのだ」

「それってどういう……？」

まごついた僕はウー先生と王《ワン》の顔を交互に見回した。

「君にはこの都市の中枢になってもらおう。ヴィンダウス・エンジンにね」

## 2

僕たちはまたタクシーを拾って研究所へ戻った。先生は所外のマンションに暮らしていたから途中で降りていった。雨粒がタクシーのガラスに流れて落ちていく。寛解前であれば流れる景色と雨粒だけがこの眼に映っていただろう。自分が乗せられているタクシーそのものは見えず、剝き出しの外部に囚われて、僕は見知らぬ街を走り続けていただろう。夜空には全翼型の飛行機が飛んでいる。今晩はエア・レースの日だったかもしれない。

先ほどの会合を僕はゆっくりと思い出す。交わされた会話の内容を反芻すると、乾いた笑いがこみ上げた。あまりにも馬鹿げていて滑稽な数時間だったからだ。まず王黎傑《ワン・リージエ》は成都を実質的に運営する八つのＡＩについて述べた。

李《り》鉄拐《てつかい》　治安・防衛
漢鍾離《かんしょうり》　教育・保育
呂洞賓《りょどうひん》　交通・物流・通信技術
藍采和《らんさいか》　医療・厚生・介護
韓湘子《かんしょうし》　水利・河川
何仙姑《かせんこ》　倫理・審美・娯楽
張果老《ちょうかろう》　経済・財務
曹国舅《そうこっきゅう》　外交・貿易・観光

以上は〈八仙《はっせん》〉と呼ばれる都市機能ＡＩである。

日本には七福神という縁起のいい神々がいるらしいが、中国で言えば、伝説上の八人の神仙が似たような位置にある。その名を冠した人工知能が成都を運営していることは隠されていないどころか成都のセールスポイントでもあった。独立性を持たせた八つの部門のＡＩを協働させつつも同時に競合させること。

その絶妙なバランスの上に成り立つ理想社会の探求こそが、成都という都市の先進性の根幹であり精華であった。人間を腐敗に導く権力の座にＡＩを置くという果断において、まさに成都は特異な都市と見なせる。

「成都の最高意思決定機関〈八仙〉の総意において――」

と重々しく王《ワン》は告げた。

「君には成都と接続され、都市を動かす機関《エンジン》となってもらいたい」

もちろん、どういうことだ、と僕は必死に食い下がった。そんな話はウー先生から聞かされていなかったし、何よりもまったく想像がつかない。

王黎傑《ワン・リージェ》が言うには――といってもそれだって〈八仙〉の意向らしかったが、ヴィンダウス症寛解者だけが持つ情報処理能力を都市機能と接続すれば、成都の発展はさらに著しいものになるということだった。

「何、簡単なことさ。君の体内に小さなデバイスをインプラントさせてもらうだけでいい。君の脳で感じた成都の差異と変化は、君の脳波や血圧などのバイタル値に影響を与える。そのパラメーターを〈八仙〉は再解釈して都市の運営に役立てるのだ」

「馬鹿な。そんなもの焼いた亀甲のひび割れで未来を占うのと変わらないじゃないか。僕をタロットカードや筮竹《ぜいちく》のかわりにするというだけで。モルモットになる覚悟はしてきたが占いグッズになるつもりはないよ」

「亀甲もタロットも世界の変化をくまなく汲み取ったりはしない。ましてや偶然性を超えたアウトプットなどしない」

　僕という不確定要素を噛ませたところで何が変わるというのか。深甚なるＡＩの思考が導いた答えをたかだか人間ごときが理解しようとするべきではないが、しかし――。

　ウー先生が言った。

「君という生身の身体を加えることで〈八仙〉はより柔軟でフレキシブルな都市運営が可能になると判断したんだ。社会の歯車という表現には非人間的で冷たい響きがあるけれど、それは侮蔑を意味しない。不可欠な存在であるということだ」

　だとしても高価で気まぐれな部品になるだけではないか。僕は都市をセンシングし、都市は僕というダイスでゲームを進める。

「僕はそんなものになる気はないよ」

　僕の辞意を遮って王《ワン》はなみなみと僕のグラスに酒を注いだ。そして何度目かの乾杯を交わしたのだった。やめてくれ、お人好しで流されやすい韓国人を誑《たぶら》かすのは。

「キム・テフン。知っての通り、我が国にはヴィンダウス症の患者はほとんどいない。従ってその寛解者もいない。他国から引っ張ってくるのはこちらとしても心苦しかったのだが、これだけは仕方がない。都市の意思を変奏・増幅する差動歯車《ディファレンシャル・ギア》として君が都市をドライヴさせるのだ」

報酬のことなら、いくらでも相談に乗ってくれるそうだよ、とウーは卑しくウィンクしてみせる。

「知っての通り？　どうして——」

「資源の有無」

「——そうか！」

僕は、この国でヴィンダウス・エンジンの開発が後手に回った明白な理由をいまさらながら理解した。あまりに単純な近代史のトピックを失念していた。

「ひとりっ子政策」

「そうです。一九七九年から二〇二五年まで実施されていた悪法です。兄弟がいなければ——兄弟の死によって発症するヴィンダウス症患者も生まれようがない。必死に諸外国から患者をかき集めてようやく研究体制が整ったのですが、すでにかなり遅れていました」

そうだ、〝兄弟の死〟がこの国には枯渇していた。死を資源とするヴィンダウス・エンジン開発の土壌がこの国にはなかったのだ。旧施政者の愚かな政策が皮肉な形で未来の停滞を及ぼした。僕は暗澹とした気持ちになった。

手の痒みが僕を現在に引き戻す。麻婆豆腐店から出る時、あの女店員が見送りとともに丁寧な握手を交わしてくれたのだったが、その手がどうやらむず痒い。あそこで書きつけられたのだ。

痛痒性マーカー。

痒み自体が文字となっていることを僕は察した。色のない無色の文字を視覚で追うことはできない。僕の鋭敏な感覚器官だけがそれを誤謬《ごびゅう》なく読み取ることができた。

——紅天已死、碧天當立
かつての黄巾の乱のスローガン「蒼天已死、黄天當立」とは漢王朝の転覆を謳ったものだった。これは、その稚拙なパロディである。紅・赤とは共産主義のシンボルカラーであるから中国の現政府のことだろう。では、それを倒さんとする碧天とはなんだ？

手の甲にあった文字なき文字は手の平にもあった。

——小天竺街の大学路で降車せよ。錦江の川沿いを東に向かって歩け。

従うべきかどうか僕は迷った。もったいぶったメッセージ。質の悪いイタズラだと考える方が妥当だ。手の込んだやり口だったが、どこかわくわくさせる招待でもあった。

結局、子供じみた好奇心が慎重さを上回った。ウー先生のジョークと違ってこちらは嫌いじゃない。

「ここでいい。少し夜風に当たる。酔ったみたいだ」

無人タクシーに言い訳する必要はなかったが、僕はそうした。低くなった川べりをそぞろ歩けば古びた隧道《トンネル》があった。以前は金網で封鎖されていたようだが、そこに野良犬が通れるくらいの小さな破れ目がある。コンクリートにグリーンの蛍光塗料で矢印と文字が描いてあった。

——紅天已死、碧天當立

僕の左手に書かれたのと同じフレーズ。本来ならば「歳在甲子　天下大吉」と続く檄文《げきぶん》である。激しい筆致で古い煉瓦の壁に書き殴られた文字が放置されているのは、成都たる所以と言える。反体制や不満の芽を完全に潰すのではなく、低強度のまま自由にしておくことで柔らかな支配を実現している。適度な不健全さは都市を活気づけるし、程よい不衛生は文化の免疫力を上げる。

「誰だよ。僕を呼んだか。悪いけど、こんないかにもって感じのトンネルには入っていけないね。他人の家の便器に顔突っ込むほうがマシだ」

「来たか。寛解者」くぐもった声が隧道の奥から聞こえてくる。

「あんたは誰だい？　いや、あんたらか」

僕は背後に気配を感じていた。秋も近いというのに錦江の水の中にひとり身をひそめてこちらを窺っている。ご苦労なことだ。風邪引くぜ。隧道の奥に意識を向けさせておいて背後から狙う気だろう。僕の感覚はごまかせない。

「我々は同胞だ」

トンネルの声が近くなった。

闇のとば口に立つのは長身の男だった。金網の向こうで金のグリル——歯の上から装着するアクセサリー——が水辺のよどんだ暗がりでは異様に目立つ。

「安心してくれ」

素早く身をかがめると、頭上を何か猛烈な勢いのあるものが通過していったのがわかった。硝煙の臭いもしないし、火薬の炸裂音もない。チラリと視線をやれば、浅瀬に下半身を浸した女がこちらに何かを向けている。背負った機械から水面に太いチューブが垂れているところを見ると、吸い上げた水を高圧力で発射する仕組みなのだろう。

「何が安心してくれ、だ。嘘つきどもめ」

ウォータージェットの洗浄機を改造したものか。充分な殺傷力がある。ただし、小型で軽量であっても女の力では少々嵩張る代物だ。僕は第二波の発射を待たずに駆けだして隧道を塞ぐ金網の破れ目にスライディングで滑り込んだ。

「なんだと」

長身の男は予期しなかった僕の行動に驚いたらしい。怪しげなトンネルに飛び込む無謀さはないと見越していたのだとしたら大間違いだ。嘘つきはおまえらだけじゃない。

「勘弁してくれよ。買ったばかりだったんだ」

金網を潜り抜けるさいに針金に引っかけたのだろう、パーカーの袖口が破れていた。が、すでに僕は男を抑えつけている。腕っぷしに自信のあるタイプじゃなかったが、ヴィンダウス症の寛解以降、身体動作が半自動的に効率化した上、外部環境のささやかな推移さえも感得できるのだから、冷静に戦うなら大抵の相手に負ける気はしない。

「わかってる、奥にもうひとりいるだろう?」

僕は男の左腕を後ろ手に極《き》めた。関節が破壊されるまであと数グラムの力を加えればいい。金網に男の顔面を押し付ける。グリルの焼き目を付けるようにして。

「悪かった。試したんだ。出てこいデバッグ。ゲームは終わりだ」

雫涵《ナハン》もだ、と男は水鉄砲の女にも呼びかけた。

「退屈なゲームだった。ちょっと賢いチンパンジー向けの難易度だ」

僕はまだ油断しない。腕の一本くらいなら保険で折っておいても構わないだろう。

「お客さんは不満らしいよ。羅宇炎《ルオ・ユーエン》。もう少し続けようか」

隧道の奥からしかめ面で出てきたのは、蝶ネクタイをしたアザラシだった。

僕は二度、瞬きをした。

するとトンネルの奥の光景は見渡す限りの氷河と変じている。白い凍土を埋め尽くすのは無数の墓石だ。こんな風景は現実には存在しない。金網に押し付けた男は無数のネズミとなって散り散りに走り去った。

「ちっ」と僕は舌打ちをした。

## 3

強襲型仮想現実。

ヘッドセットディスプレイも離脱薬もなく、強制的に人を仮想空間に引き込む技術を中国が開発しているとは知っていたが、実用に漕ぎ付けているとは思わなかった。〈邯鄲枕《ハンダンジエン》〉とか〈黄粱夢《ホワンリヤンメン》〉などと呼ばれるシステムだ。遮蔽空間とネオン原子以上の質量を持つ重粒子線が必要だとされていたが——隧道《トンネル》はうってつけだった——設備はどこにある？

腕をしっかりと極めていたはずの男は千のネズミになった。散り散りとなって身を拘束から逃すと氷の上を腹ばいに滑っていく。子供向けの絵本に似たシュールな展開だ。

「ここがおまえらの〈洞窟《ケイヴ》〉ってことか」

「寛解者」アザラシは声に怒りを漲《みなぎ》らせた。「夢の中と気付いたからといって夢から醒められるとは限らない。夢は終わらない。とりわけ悪夢はね」

「確かにそうだ」

現実には僕は隧道の中にいるはずだったが、僕の視覚と温度感覚は別のものを意識に記述している。ここをまるで僕は本物の凍土のように感じていた。それが幻だと認識しつつも抜け出る術がない。

「どうした寛解者。おまえの能力で誤謬《ごびゅう》を上書きしてみろ」

発情期の声音でアザラシが叫んだ。

墓石には死んだ兄の名前が刻まれていた。子供の頃に飼っていたポメラニアンの名前や、金正日の名も見受けられた。ここには墓石の展示場よろしく、僕の知る、ありとあらゆる物故者の墓があるらしい。

「おまえたちの狙いはなんだ？　どうして僕を？」

アザラシは問いに答えず氷上を気ままに駆け巡った。

僕はアザラシを追うが足元が滑ってうまく走ることができない。情報の齟齬がある。視覚は滑りやすい氷の足場に警戒を発しているが、足裏の感触はまったく別様のコンディションを伝えてくる。滑ることはない。僕の足は、氷ではなくコンクリートに溜まった浅い汚水に立っている。視覚情報の信頼性と優先順位を下げた。対して触感や圧力感を強調していくことで新たな感覚情報マップが生成される。

「知りたいのなら、遊んでいきなよ、お客さん」

墓石の下の氷から手が伸びて僕の足首を摑もうとする。氷の下で冷凍の死体たちが蠢いている。僕は雨後のタケノコのようにニョキニョキと生えるゾンビの手を振り払いながら、走り出した。

「寛解者。いいぞ。さあ、勝負だ」

すると僕と同じく墓石の列をかいくぐりながら走っている男がいる。先ほど腕を極めた男が――確か羅宇炎《ルオ・ユーエン》と呼ばれていた――ネズミから人間の姿に戻って、身軽な動きで墓石の上に飛び移った。墓石の上なら、なるほど屍者たちの手は届かないだろう。

「不謹慎だが、気にするな。俺たちもいずれは仲間入りだ」言いながら男は下方を見下した。「生きることなんて所詮は墓石の上のダンスだ」

「誰の名言だよ」僕もまた墓石を這い上がった。

両足の間には、金属のプレートで［ジュール・ヴェルヌ］という名前がある。そいつがどこの誰なのか構っている暇はない。遠方の海で流氷が音を立てて崩壊するが、現実の世界では腐った水に取り囲まれているはずだ。

「お手並みを拝見しよう」

墓の上で僕たちは拳を交えた。

ここから落ちればゾンビの仲間入りだ。さて、どうする？

もちろんこの仮想空間の条件下で戦う必要などなかったが、この〈邯鄲枕《ハンダンジェン》〉の臨場感はどんどん僕の感覚を侵食してくる。いまや、わかっていても、この氷原の墓地を幻として看過することはできなくなっていた。無理にそうすれば、意識下の抵抗によってむしろパフォーマンスを低下させてしまうだろう。

「厄介だな」

この足場の悪さでは、近代格闘術のように軽快なフットワークを取ることもできない。羅宇炎《ルオ・ユーエン》はやや内股気味にスタンスを決めると、目まぐるしくも細密な手技で、僕の構えた前腕の壁を内から外から掘り崩してくる。

古き良き中国拳術。

「詠春拳《えいしゅんけん》か」

「よくご存知で」

羅宇炎《ルオ・ユーエン》は金色の歯を獰猛に光らせた。

僕はといえば、自分で編み出した格闘術で交戦するしかない。体格やパワーに恵まれていない僕に最適なのは、滑らかに予備動作なく、錯視を利用して敵を翻弄する戦術《タクティクス》だ。古今のどんな戦闘技術にも範を求めなかったが、結果として酷似しているものはあった。

「心会掌《しんかいしょう》」と僕の左拳を捌きながら羅宇炎《ルオ・ユーエン》は言った。

「ご名答。確か、そんな名前だったか」

もしかしたら創始者は僕と同じ寛解者だったのかもしれない。過去の中国にヴィンダウス症が存在したかは定かでないが、同じ寛解者ならば、同じ身体技法に収束する武術を伝えていても不思議ではない。

羅宇炎《ルオ・ユーエン》は次々に墓石を飛び移り、絶妙な角度で前蹴りを放った。

その気になれば避けられた攻撃であったが、あえて僕はそれを半ば喰らいながらもひらりと掌を返して羅宇炎《ルオ・ユーエン》の胸を打った。手応えがあった。収支で言うのなら、受けたダメージよりも与えたダメージの方が遥かに大きいはずだ。

「ぐぅあ！」

羅宇炎《ルオ・ユーエン》はなんとか墓石に踏み止まった。〔エリック・ロメール〕の名前の溝に血が滴って溜まる。赤い液体は羅宇炎《ルオ・ユーエン》の口元から滴り落ちていた。

僕は一気に相手の墓石に飛び移って決着をつけようとしたが、説明しようのない悪寒を感じて踏み止まった。何かが変化しようとしている。名状しがたいパラメーターの変化を僕は読み取った。

「来るぞ、嵐だ」

にわかに空がかき曇った。

突風が吹きつけると視界は閉ざされた。劣勢になると環境が急変する仕組みなのかもしれない。敵のホームに乗り込んだのだ、仕方ない。

——それにしても。

「なんだって?!」

吹雪ならばホワイトアウトするところだが、そうではなく視界は黄色く染め上げられたのだった。バサバサと吹きつけてくるのは雪ではなく紙。安っぽい紙吹雪をあえて使ってみましたという風情ではない。

「こいつは紙幣か」

「冥銭」と羅宇炎《ルオ・ユーエン》は短く言った。

三途の川の渡し賃とも、死後の貨幣社会で困らぬためのものともされる、現実の紙幣を擬した黄色い紙片が嵐のように吹き荒れている。仮想現実にふさわしいデタラメさだ。アジアの各地にこうした貨幣を死別する者に持たせるという習慣がある。キャッシュレス時代においてリアルマネーとは死後の世界だけ通用するイデアなのだ。

「葬送の時に燃やして使うのだ。こうして」

羅宇炎《ルオ・ユーエン》の指がパチッと鳴らされると、僕の視界は一瞬で燃え上がった。

粉塵爆発のように勢いよく火は膨張する。僕は焼き尽くされる恐怖におびえて闇雲に腕を振り回した。背後から掌打の一撃を浴びる。凍土、墓石、冥銭。

死だ。すべてが死を連想させるものばかりだ、と僕は落下しながら思った。

ゾンビたちのうごめく手に四肢を蹂躙される。炎と煙が晴れると仰向けになった僕の視界にもう一度凍てついた空が戻ってきた。いや、色鮮やかな極光《オーロラ》が舞い、夜空を波打っていた。エメラルドグリーンのカーテンはまさに死と夜の帳だ。

——紅天已死、碧天當立
「なるほど、これが碧天か」僕は納得した。

舞い落ちる、半分焼け焦げた冥銭を、伸ばした左手に掴んだが、手の内に何も残らなかった。炭となって崩れたからじゃない。この仮想空間が解けて塵よりも微細な情報の漣《さざなみ》に還ったのだ。

4

隧道の天井には、朝鮮半島にそっくりなシミがある。

伸ばした左手の影が何本も同時に見えるのは、光源がいくつかあるからだろう。身を起こすと思った通り隧道の壁には無数のランプが掛けられていた。

「テストは合格だ」と蝶ネクタイの青年が、タッチペンでパネルに何やら書き込みながら呟いた。アザラシに扮していたのはこいつだろう。確かデバッグとか呼ばれていた。

綿の飛び出たソファには羅宇炎《ルオ・ユーエン》が座っており、その向こうの場違いに大きな機械をチェックしているのは、流水銃《ハイドロピアサー》を背負っていた女である。よく見れば、陳麻婆店の女性スタッフだった。僕の手の平にマーカーを書き込んだのもやはり彼女に違いない。

僕はデバッグに言った。

「何を試したのか知らないけど、やられたよ。テストなら失格だろ」

「テストしたかったのは、君じゃなくてこのマシンの性能さ。ヴィンダウスの寛解者をやり込めたんだ。合格と言っていい」

「おまえらは誰だ？」僕は警戒を半ば解いていた。

羅宇炎《ルオ・ユーエン》はシガーケースから手巻きの煙草を取り出して火をつけた。

一本を勧められたが、僕は手を伸ばさなかった。

「あんたと同じヴィンダウスさ。ただし、まだ寛解してねえ。つまり死は間近ってこと。こんなふうに思う存分暴れられるのはあとわずかだろう」

「――この国にヴィンダウス症はないはず」

紫煙を吐きながら、羅宇炎《ルオ・ユーエン》は雫涵《ナハン》と呼んだ女を促した。確か、麻婆豆腐店で見た名札には『郭雫涵《グオ・ナハン》』と書かれていた。

「この国にもそれは存在する。政府や医療機関が正式には認めていないのだけれど……つまり中華人民共和国の正しき人民の内に兄弟姉妹の喪失に伴って発症するヴィンダウス症患者は――統計上も戸籍上も――存在しないことになってる。でも、真実は違う」

「どういうことだ？」

兄弟の死がヴィンダウスを引き起こすというウー先生の仮説はここでは当然のこととして受け取られているようだ。

「国家の計上する人間だけが――コッコ、国民ジャジャ、ないってこと」

郭雫涵《グオ・ナハン》の声にノイズが混じった。

人工声帯らしい。店では気付かなかったが、喉に埋め込まれた発声装置はある種のインプラントアクセサリーのように美しく、この女に似合う。

郭雫涵《グオ・ナハン》はハスキーな声で身の上を語った。

「手短に済ますわ」

彼女は堕胎手術によって殺されるはずだったが、熱心なクリスチャンであった助産師によって救われた。人工的に処置するには遅すぎるほど彼女は大きくなっていたが、自然に生まれてくるには早すぎた。助産師は、取り出した未成熟の胎児を育て上げるために闇ルートで保育器を購入し、その借金を生涯背負うことになる。また未登録で中古の保育器のせいか、彼女は声帯に不具合を抱えたまま育つことになった。

人工声帯のノイズは消え、郭雫涵《グオ・ナハン》は滑らかに言葉を紡いだ。

「そのうちにこんな噂が耳に入ってきたの。煙台のヤクザ者共の中にとりわけ凶悪で手のつけられないのがいるってね、組織に不始末をしでかして逃亡中、実の両親に重傷を負わせて家財を奪い取ると海外に逃亡しようとしてるってね」

「ああ」僕には話がうまく見えなかった。

「そいつが私の兄だったの。奴が先に生まれたから、私は生まれる前に殺されそうになったわけ。自分たちに仇をなす子供を生かすために両親は私を――馬鹿よね」

鋭いノイズ。彼女の感情をそのままに表出しているようだ。ひとりっ子政策廃止以前のこの国の、うすら寒い風景画のひとつを彼女は描き出した。

「順番よ。順番ですべてが決まる。もし兄ではなく私がはじめに生まれていたら、両親は孝行娘と幸せな暮らしをすることができた」

「そうだな」ぞんざいに響かぬよう僕は答えた。いたたまれない気持ちになるストーリーだったが、しかし、今の話がヴィンダウス症と何の関係がある？

「兄弟を失うことには、この手で殺すことも入ってるの」

僕たちはとうとう着地点を見出した。

聖書にある古い寓話。由緒正しき兄弟殺しについて彼女は語っているのだ。

「私は煙台から奴を追って成都にやってきた。そして殺した」

「――で、だ。雫涵《ナハン》は兄を殺した場所である成都で暮らし始めた。勝利の永遠の味を噛みしめ続けるために」と羅宇炎《ルオ・ユーエン》。

「そんなのはすぐに感じなくなった。味のしなくなったガムよ。ヴィンダウスを発症したの。奴を殺す日が来るのを指折り数えてたのを思い出すよ。きっと今度は地獄で兄が数えてる。私が死ぬまでの日々を」

「ここまででわかったのは、あんたらも僕と同じヴィンダウスだってことだ。そして世間に顔向けできない事情があるから、満足な治療も受けることができない。そういうことか？」

「ま、そんなとこかな」とデバッグが言った。

「今夜の会見はすべて筒抜けだったんだな？」

「ああ、そうだよ。君は寛解者。そして成都の立法者となる。都市機能と統合され、史上類を見ない強権を振るうだろう」

「違う。僕はただの変換器だ。自分の意志を行使するわけじゃない。ただ都市機能の一部として使用されるだけだ。安い部品さ」

「無害で罪のないポジションだと口説かれたか」

ソファの羅宇炎《ルオ・ユーエン》が組んでいた足を解いて身を乗り出した。指先からポトリと火のついたままの煙草が落ちた。薄明りに照らされた隧道の中には、ゴミ捨て場から拾い集めたような家具が置いてあった。子供の秘密基地であれば立派なものだ。

「観光市場予測をしろと」

「全部嘘さ。やつらの言うことはデタラメだ。同志よ、信じるな」

「僕を騙すとしたらなぜ？　どんなメリットがある？」

「後ろ暗いことがあるからさ。それを明かせば、あんたの協力を望めなくなる」

整髪料で逆立った短い髪を撫でながら、羅宇炎《ルオ・ユーエン》はせっかちな口調で説いた。粗暴な態度にもかかわらずこの男は自制の効いた精神の持主だ。いくら表情や口調を変えても吐息に混じるアセトン濃度がほとんど変わらない。

「具体的に言え。おまえらは何なんだ？　反体制のテロリストか」

「俺たちは碧灯照《グリーン・ランタンズ》。そう呼ばれている。そのほとんどがヴィンダウス症の罹患者で構成された組織さ。目的は単純だ。我々がこの世界で生存することだ」

「なぜ、おまえたちが？　自分の治療に専念したらいいだろう？　この国そのものはともかくとして、少なくともここ成都はそれほど悪い街じゃなさそうだ」

諸外国は中国を官僚主義によって産み落とされたデジタル・ディストピアとして見做しがちだったが、僕の見知った成都は、こいつらのような反体制の存続を許すほどには寛容だ。この隧道のようないかがわしい都市の死角は都市機能ＡＩの見落としであるというよりも、むしろ設計上の狙いであると考えたほうがいい。

その気になれば都市ＡＩたちは反乱分子を明日にでも殲滅できるだろうが、それをしないのは強権を押し付けるより、自由という錯覚を享受させておいた方が、都市衛生上のガス抜きとなると判断されたからだろう。

「ヴィンダウス症の治療についてあんたの助言を貰いたい。まずこれが、あんたを仲間に引き込みたい理由のひとつだ」

「ああ、それなら助力を惜しむつもりはない。こんな手の込んだやり口をしなくたって、普通に出会えたはずだけどな」

「あんたが都市に組み込まれてからでは近づけなくなる。それにヴィンダウスが不治の病であるうちはいい。そうでなくなれば迫害が始まるだろう」

デバッグは炭酸飲料に突っ込んだストローをブクブクと泡立たせ、郭雫涵《グオ・ナハン》は磨いた爪に息を吹きかけた。誰も僕と眼を合わせない。

「どういう意味なんだ？　病者を迫害するのはまだわかる。しかし——」

ハンセン病をはじめ、多くの病を人間は迫害の対象としてきた。因習と迷信の蔓延《はびこ》る暗黒時代でなくとも時としてそれは起こる。しかし、ヴィンダウスは感染もしなければ、ある種の精神疾患のように秩序にとって脅威と見なされることもない。

「なぜなら」とデバッグは続けた。「ヴィンダウスは本来的な意味では疾患ではないからだ」

「さっきからずっとおまえたちの言っている意味がわからないよ」

「ヴィンダウスとは新たな種のことだ」デバッグは刺すように語気を強めた。

「そいつが本音か。その陳腐な妄想が?!」

僕は呆れて力が抜けた。

こいつらはテロリストというよりもおめでたいカルトだったようだ。自分たちを優等人種だと決め込んで悦に入っている現実逃避者。行き場のない憤懣を都市の穴倉で垂れ流す無害な負け犬たち。僕は一気に彼らから関心が削がれていくのを感じた。

「バカバカしい、もう行くよ。そのうち地球は平らだと言い出すんだろう」

「本当だ。嘘じゃない。我々が新しい人類だ」

「で、なんだよ、進化した人類であるヴィンダウスが旧人類を滅ぼすのか？　それとも支配するってのか？」

「違う。ただ並存するだけだ。ホモ・サピエンスとヴィンダウスは同時に歩めばいい。地上の支配者はひとつで二者が並び立つことはない。必ず雌雄を決する、その発想こそがまさに血生臭いホモ・サピエンスのものだ。古代には無数の種類の人類が——共存ではなくとも——並存はしていた。他の人類を、つまりは進化上の兄弟を皆殺しにしたのはホモ・サピエンスに取り憑《つ》いた気まぐれな妄執に過ぎない」

「オッケーわかった。つまりはこういうことか」僕は肩をすくめた。「ヴィンダウスが変化と運動だけしか認識できなくなるのは、兄弟という歪んだ鏡、自己との差異と相似と表現し続けてくれる並行存在＝兄弟を失ったことからくる補塡作用であるばかりでなく、それはむしろ病の姿を借りた人類の進化である、と」

「いいや、分化だ」デバッグが訂正した。

「分化。兄弟のいないひとりっ子である人類に誕生した弟がヴィンダウスであり、その寛解者だというんだな」

「まさしくそうだ」

「あんたらもそれを信じてるのか？」

と僕は他の二人に水を向けた。

「さぁね。私にはわからないわ。わたしはただこの病気を治したいだけ」と郭雫涵《グオ・ナハン》。

「ヴィンダウスが何なのか。それは謎だ。デバックの言うことには正直ついていけない部分もある。ただ、都市機能ＡＩはあんたをその一部として選んだ。ただの疾患が都市の管理機構の一部として組み込まれるとは考えにくい」

羅宇炎《ルオ・ユーエン》は慎重に自説を開陳した。

デバッグは仲間の弱腰な意見に物足りないようだ。

「人類はひとりっ子でいられない。かつてネアンデルタール人やホモ・エレクトスを滅ぼしたのは間違いだった。いまになって孤独に震えている。兄弟という歪んだ鏡がなければ自己像を確定できない。必要なんだ。新しい兄弟が」

途方もない妄想だが、ここまでくれば哀れというよりも興味深い。僕はデバッグの狂信を刺激せぬように寛解者の所見を告げた。

「勘違いするな。寛解とは超人に覚醒するということじゃない。宇宙を丸ごと見通せるラプラスの悪魔になれるとでも？　荒れ狂う感覚器官と世界との新たなバランス・接点を見つける。適応し、折り合いをつける。たったそれだけのこと」

「かつて新たな種が誕生した時、落雷や地割れが起こったと思うのか？　天よりノァンファーレが鳴り響いたとでも？　それはあくまでも自然に起きたはずだ」

　僕は肩をすくめた。

「わかった。百歩譲ってヴィンダウスが特別な何かだとしよう。それで僕に何ができる？　この国において存在しないはずのヴィンダウスを公に認知させることは難しい」

　郭雫涵《グオ・ナハン》はドキリとするほど眼を見開いた。

「あなたならできるの。負荷価値《バリュー》をコントロールするあなたの権能を駆使すれば、わたしたちの生存領域を作り出すことなんてたやすい」

「負荷価値《バリュー》ってのはなんだ？　僕はまだ何も知らない。頼むよ。急がないでくれ」

　スラリとした肢体を弾ませて女は僕に詰め寄ってくる。たじろいで息を詰める僕にのしかかるように接近し、決死の眼光で額を射抜く。

「急がないでくれなんて言わないで。知ってるでしょ？　ヴィンダウスには時間がない。刻一刻と世界がこぼれ落ちていく」

「でも、だからって……」

「今日、この夜をわたしたちに預けて欲しいの。すべてを伝えるから」

「君たちの境遇には同情するし、賛成はできなくとも何か理想があるのもわかった。でも今日のところは解放してくれないか。なんたって成都に来て最初の夜なんだ」

「だからこそ今夜なの。明日にでも成都という巨大な機構の一部にあなたは組み込まれるでしょう。あなたがヴィンダウス・エンジンの一部になればもう取り戻せなくなる。

「説得できそうもないな」

「わたしたちはこの夜のために多くの準備をした。すべてを賭けてる」

長い夜の続きを僕は覚悟した。

# 5

秘密結社の入会儀式のようにそれは謎めいていた。

目隠しをされて連れて来られたのは、隧道の複雑な迷路の奥、崩れかけた祠《ほこら》の中だった。馴れぬ都市の見知らぬ地下通路だ、ひとりでは出られぬだろう。古い石像が隧道の奥に安置されているのを僕は確認した。闇の奥、長い年月による風化と摩滅を経た神の姿があった。覆いを外されなくとも、そこにもったいぶったご神体が鎮座しているのはなんとなく予想できたが、そのあまりに古く原始的な造形に言い知れぬ不安を感じたのは隠し切れない。

「太古の疫神《えきしん》だ」とデバッグが言った。

これが先ほどの強襲型仮想現実でないことを僕は確信していた。拡張現実《AR》の類でもない。すべてが手触りと匂いのある本物だった。ますます僕は恐ろしくなった。薄暗い地下で得体の知れない神を崇拝するとはカルト以外の何者でもない。

「疫神？　跪いて忠誠を誓えばいいのか。山羊を殺した後に？」

「流行り病をもたらす存在のことだ。太古の人類はこれを恐れ、祈りと犠牲によってその怒りを鎮めようとした」

「ああ、そうなんだろうな。ワクチンも抗生物質もない時代には、これが唯一の頼みだったろう」

「これは最も古く、そして新しいもの」

「もってまわったやり方は勘弁してくれ。僕は疲れてる」

随分と下らない趣向を見せられてきた。これ以上馬鹿げた遊びに付き合う気はなかった。同病相憐れむのもここまでだ。寛解者としてこいつらを突き放すべきだろう。

　──その時だった。

《ようこそ。わたしは病者を率いる者。はじまりのヴィンダウス症者である》

　声は抑揚なく響いた。

　デバックでも羅宇炎《ルオ・ユーエン》でも郭雫涵《グオ・ナハン》のものでもない。それは僕の声だった。しかし、この口が喋っているのではない。声質をサンプリングされて利用されたのだ。

「誰だ？　まさかこのアンティークの石像が語ってるわけじゃないだろ」

《無論。その成型された鉱物に発話機能はない。スピーカーが隠されているだけだ》

「姿なき黒幕ってわけか。何もかも幼稚で芝居じみてやがる」

「彼がバラバラだった我々を束ねた。それがなければこの国では何者でもなかった俺はピンで縫い留められて停止した世界とともに消えていっただろう」

　羅宇炎《ルオ・ユーエン》は疼くように呟いた。

「僕もまた集められたってわけか」

《君はヴィンダウス・エンジンの一部となり、彼らに存在と権利を与えてやるべきだ。この国ではいまだヴィンダウス症者は幽霊でしかない。夜を漂う魂魄《こんぱく》でしかない。個人の個人たる情報という血肉を与えて実在させてやってくれ》

　国家という銘板に彫られた名や履歴を持たぬ彼らは確かに存在しないと言ってもいい。

浮草のように都市の狭間で息を継いでいるだけだ。

「堂々巡りだ。何度も言ったが僕にそんな力はない」

「それを可能だと説明するのが今夜の眼目なの。まずは負荷価値《バリュー》について知ってもらうわ」

郭雫涵《グオ・ナハン》に続いて謎の疫神の言葉が続いた。

《負荷価値《バリュー》。それは都市を動かす潮流でありヴィンダウスにとっては変化の源泉》

瞬間、石像の周囲に無数のインジケータやグラフやアイコンが拡張現実によって浮かび上がった。それは懇切丁寧にわかりやすく、僕にひとつの概念を説明した。

——負荷価値《バリュー》。

社会において負荷の及ぶ部分。それは特定のカテゴリーの人間であったり、ある種の境遇下に置かれた集団であることもある。少数民族、退役軍人、性的少数者、障害者など、誰であろうと社会的に虐げられるならば、そこに負荷がある。社会の特定部位、それら負荷の生じる部分にはいくらかの優遇措置が取られ、あるいは福祉においてサポートする必要がある。彼らが差別や不自由より解放された時、次に別の場所に負荷が生まれる。

昨日の弱者は明日の強者となり、めまぐるしく負荷は移動していく。

真の平等社会を生み出すにおいて都市ＡＩたちの考案したアイデアは、強固な階級構造とその外側に犠牲の生贄を置いて下層の不満を紛らわせるといった従来の固定的なものではなかった。むしろ犠牲の生贄を絶えず交代させることによって平等性と流動性を保つ。であるならば生贄は生贄ではなく社会的負荷であるというだけである。負荷を消すことはできないが絶え間なく流動させ続けることは可能だ。階級を抹消するという社会主義の理想が頓挫した現在、人ならぬ人工の知能が弾き出した政策はこれだった。

変動する不平等は、見せかけの平等という欺瞞よりは信頼に足りる。

「都市AIとヴィンダウス寛解者の協働機構、つまりヴィンダウス・エンジンの仕事とはまさにこの負荷価値の算出なんだ。明日の貧乏くじを引くのは誰か。明後日の短い栄光を愛でるのは誰か、絶えず変動するゲームのレートを決めるんだ。しかし、僕たちヴィンダウスはゲームのテーブルに着くことさえもない」

デバッグは腹の底から黒々とした憎悪のタールを吐き出した。

《ゲームのルールを変え続けることだけが唯一不変のルール》

「あなたのバイタルデータをAIは独自に解釈して都市政策を出力する。つまりあなたの体熱や脈拍のパルス、あるいは唾液の分泌量がこの都市の行く先を決める」

疎ましい敵を眺めるように郭雫涵《グオ・ナハン》は僕を睨んだ。

「らしいな。まったく馬鹿げた話だ。しかし、だからといって僕の意志が都市運営に反映されるということにはならないだろう？　僕はただ数えきれないバイタルデータを査定され続けるだけだ。切り刻まれないのが取柄のモルモットさ」
《果たしてそうかな、寛解者よ》
「何がいいたい？」
《寛解者は強力なバイオフィードバック能力を身に着ける。それは間違いない。己の意のままに呼吸や脈拍をかなりの程度までコントロールできるはず。ここにヴィンダウス症寛解の秘密もあるのだろうが、それは後にしよう。ともかく不随意とされる身体運動の多くがいまや随意となった。でなければ強襲型仮想空間の中であれほど精密に戦うことができるはずがない。自己の身体を手中に収めた。つまりこういうことが言える。都市が君のバイタルデータをどのように反映させるか、その法則を突き止め、再解釈できたのなら、逆説的だが、君は自分の意志を都市政策に介入させられるはず》
僕は、ぐうの音も出なくなった。
古代の神を装う謎の黒幕の言うことに間違いなかった。僕自身であってさえ、その可能性には気付いていた。しかし、そんな面倒で責任重大なことを実行しようとは露ほども考えなかった。なにしろそれは都市ＡＩと僕とが互いを読み合う、とてつもない大がかりなゲームになりかねないからだ。そしてゲームにおいてふた昔も前から人間は人工知能に勝てやしないと相場が決まっている。

《チェスや囲碁などの完全情報ゲームではAIに人間は勝てない。しかし、内と外からの刺激に絶えず揺れ動く都市は別種のゲームだ。ヴィンダウスの寛解者ならばあるいは――――》

疫神は僕の考えを見抜いたようなことを言った。

「人工知能どもを出し抜き、この街の立法者になれるってか？　たとえそうだとしてもそんなつもりはないね。あんたらの仲間になる気もない。正体不明のリーダーに先導されるカルト結社の一員になるよりは、都市の歯車になった方がましだ。お生憎だったな」

《わたしの正体を明かせば協力するのか？》

「それは必要条件のほんの一部さ」

僕はつっけんどんに言った。羅宇炎《ルオ・ユーエン》たちは色めき立つが、殺されたって構うもんか。こんな気色悪い連中に肩入れするくらいならここでネズミの餌になった方がマシだ。

「ただで帰れると思ってるのか？」

羅宇炎《ルオ・ユーエン》が金色の歯を獰猛にむき出しにした。

「どけよ、三下」僕は低く言った。「今夜限り、二度と僕に構うな。そうすれば最後に貴重なレッスンをくれてやる。寛解に到る仮説だ。あんたらのリーダーがすでに知っていながらひた隠しにしていることかもしれないが」

　疑念をバラまくように僕は嘯《うそぶ》いた。デバッグの表情に動揺が走った。そうか、おまえたちの負荷はそこにあるのか。

《無駄だ。寛解者を行かせてやるのだ。同志よ。仲間になるという確約は必要ない。我々の存在を知った上でどう振舞うか。社会の片隅にさえ存在できない我々のことを認知した以上彼は何かせずにはいられないだろう。きっと我らは勝利する。革命の種は播《ま》かれた》

「どうかな。僕はけっこう非情な人間なんだ」

《キム・テフン。君の非情さを我々はあまり評価していない》

「ちっ、そうかい。よし、一期一会の餞別だ。信じるか信じないかはおまえら次第だ。よく聞け。寛解を起こす方法を教えてやる」

　三人の警戒が解けた。配給の列に並ぶ困窮者でもこんな物欲しげな顔つきはしないだろう。わかってる。僕も同じ道を歩んだことがあるのだから。

「セプラード」と僕は言った。

「なんだそれは？」デバッグが上目遣いに僕を見る。

「離脱薬だ。VR空間への没入度を高める。僕の国では禁止されたが、ある理由で僕はこれをずっと服用していた。ヴィンダウスが発症してから寛解するまでの期間ね」

「それが寛解に関係あるというのか？」と羅宇炎《ルオ・ユーエン》。

「かもしれない」

《セプラード。日本の製薬会社・砂山薬品工業の製品だった。だったというのは、すでに生産はストップしているからだ。世界中の在庫状況については確認が難しい。廃棄を免れた分がどれだけあるのか。さらに現状、成都において手に入れる方法はない。厳しい成都のセキュリティをかいくぐって密輸ルートをアンロックすることができる人間がたまたまここに居合わせてはいるが》

「さすが神様だ。なんでも知ってるんだな。いいか。あんたらの手伝いはしない。情報は提供するが、危ない橋を渡るつもりはない」

「都市と繋がった者にとっては、すべてが合法さ」とデバッグ。

「うるさい」僕はきっぱりと言った。「続けるぞ、セプラードだけではおそらく充分じゃない。ここからは自助努力が必要となる」

「ああ」三人のヴィンダウス症者たちは世界で一番聞き分けのいい生徒たちだ。眼を輝かせて僕の一挙手一投足を見守っている。

# 6

僕は本格的に講義をはじめた。

「視覚というものについてあんたらはどう考えている？　あるいは見るという行為そのものと言ってもいい。知ってのとおりヴィンダウス症とは固視微動、つまり見るという行為そのものにまつわる変調だからだ」

「眼から光を受け取って像として認識する。得られる情報は脳において結実する」

「ほどほどの正解だ」と僕はデバッグに頷いてみせる。優等生に優しい視線を投げかける教師ほど落ちこぼれには人気がないものだが、僕はそのあたりのケアも入念だ。

「だったら芯を食った正解ってのは？」羅宇炎《ルオ・ユーエン》が食ってかかるのも、やんわりと受け止めてやる。

「こんな話がある。あるゲームデザイナーが渾身の作品を作り上げようとした。でも、予算の関係でグラフィックの作り込みが甘かったんだな。金網がイケてない。それは鉄条網のようにも網戸のようにも……はたまた汚れた綿菓子の壁のようにも見えた。それ以上にグラフィックを改良する手立てはない。ではどうすればそれが金網に見えるようにできるのか。答えはキャラクターがそこに接触した時に生じるガシャガシャという音のクオリティを追求することだった。リアルな金網の音を耳にしたプレイヤーはそれを金網だと見た。以来、それは金網にしか見えなくなる。いいか、聴覚情報が視覚を補ったんだ」

「つまり？」郭雫涵《グオ・ナハン》がもどかしそうに言った。

「人間は視覚情報を眼だけから得ているわけではない。僕たちは触覚や聴覚、あるいは味覚さえも通して物を視ているんだ」

視るという行為は総合的な営為だ。記憶や感情さえもそれに影響する。幽霊や夢などを視覚の現象と言えるかどうかは意見が分かれるところだが、視覚という経験を前提としたものであることは間違いがない。でなければ、それらを視る／見るとは言わないだろう。

「だから僕はヴィンダウス症によって視覚に問題が生じた時に、他の感覚野を総動員して視ることを強化したんだ。絶え間なく世界を感じ取った。全身全霊でね」

「そうして克服した？」

「逆も言える。ヴィンダウス症は視る機能を決壊させることで、他の感覚野までもなし崩しに損なっていく」

ヴィンダウス症者は視覚の大部分を失うが、それは全盲者とは違う。消えてゆく世界とともに自己認識も欠けてゆくからだ。では視覚障害と健忘症を掛け合わせたようなものだろうか。それも的外れだ。僕の経験から言えば、自己と世界とが対消滅する感覚と言えばいいか。侍やガンマンの映画に見られるがごとく相打ちで両者が倒れる、引き延ばされた死の瞬間、互いの刀の軌跡、弾丸の射線だけを永遠に見つめ続けるのだ。

——永遠と、その余白。

白離と呼ばれる意識の消失を経て、ヴィンダウスは逝く。

マドゥ・ジャインのことを思い出さずにはいられなかった。彼女の辿った道は僕の歩んだ道ではない。教えられるのは、自分の足跡だけだ。

「五感すべてをあらゆる瞬間において視覚的に動員するんだ。セプラードがそれを助けてくれる。ある閾値を越えたところで寛解は起こる」

「それだけ？」三人が同時に訊ねた。

「信じるかどうかはあんたら次第だ。なにしろ寛解者どころかヴィンダウス症の患者に会ったのもこれが初めてなんだ。確かなことはひとつもない。——そうだな。付け加えるならもうひとつ。未知の何かについて思い致すことも必要なのかもしれない。具体的には兄の死と自分の消失を重ねて想像してみた。いや、想像なんて生易しいものじゃない。それを現実のものとして摑み取ろうとした」

《死》

ふいに疫神が語を発した。まさしく疫病の神であるのなら、それは最も相応しい言葉であったろう。死から逃れるために死を摑み取ろうとする。それは矛盾した禅問答だろう。

僕は自分の言い草がナンセンスであるとわかっている。

「——そう、わかってる。死を体験する者はいない。死の瞬間、それを体験する主体は失われてしまっているから。それでも僕は死を先取りし、今ここへと引き入れた」

《寛解はその時に訪れた？》

「ああ、言えるのはこれだけだ。もう解放してくれ。明日から僕はヴィンダウス・エンジンの一部だ。回転するネジだか歯車だかになる。さて、この水路から出られるのかい？」

《拡張現実《AR》標識《タグ》に従って行くがいい。夜はまだ尽きてない。短い夢だったら見られるだろう。それよりも感謝する。もし君の助言に従ってヴィンダウス症者の寛解が成れば、それは途轍もないことだ》

「達者でな。おまえらの脳がめでたく相転移したら、祝電でも送るぜ」

《ヴィンダウスの寛解。それは社会の再革命であり宇宙の再創世に等しい》

「大げさなんだよ。神だからって」僕はげんなりとため息をついた。

# 7

翌日、僕はデレク・ウー先生のラボに居た。

ナノデバイスを体内に注入されるのを拒み、代りに機能において劣るマイクロチップをインプラントすることを選択したが、それだとモニターできるバイタルデータの種類が格段に少なくなると先生は渋い顔になった。

「得体の知れないものを受け入れるのはかまわないが、どんな玩具に犯されるかは自分で選ぶ」

「わかったよ。それでも都市AIの算出したヴィンダウス・エンジンの要件をギリギリ満たすことができる。これで行こう。なぁに、あとは簡単。気ままに暮らしていればいい。ただ、この都市で暮らすだけで君は破格の収入が手に入る」

ウー先生の白衣姿をしばらく見ていない。医師でも研究者でもなくビジネスマンになったように見えた。今日はツイードのジャケットにニットタイを合わせている。

「感謝しろと？」

「君が自分の症例と寛解の経過をバラまかれたことを怒っているなら――」

「怒っちゃいないけど、僕らは互いに利用し合ってるだけ。どちらかが恩に着る必要なんてない、そう言いたいだけ」

「そうだよね」ウー先生はあっさりと認めた。

チップを埋め込まれても都市との接続感があるわけではない。都市が一方的に僕を診断するのだ。ただし、都市の表現するところをつぶさに観察し、その仕草の意味を理解するのなら、コミュニケーションは双方向的となる。僕からも都市にアクセスし、その生態に介入することができるだろう。

「何を考えているんだね？」

「ここは刑務所だったんでしょう。この部屋は？」

「死刑囚の独居房だったらしい。なあ、何を考えてる？」

この研究所が刑務所だったことはすでに聞いた。すでに成都において死刑は撤廃されている。実のところ、死に香りは存在しない。病者の垢の臭いや死体の腐敗臭はあっても死そのものに臭いはない。

「別に。なんでそんなに不安そうなんですか？」

「昨日とまるで君は変わってしまったからさ。あれから何かあったのか？　随分と……そうだな、開き直ったというか、ふてぶてしいのとも違うが。豹変する君を見て思い出したんだ。寛解した君がわたしの診察を突っぱねた日のことを。あの時もそんな不敵な顔つきだった」

　出世と金にしか興味のない俗物だと思っていたが、なかなかどうして鋭いところもあるらしい。僕はウー先生を見直した。が、昨夜の成り行きを正直に話すわけにはいかない。この都市に潜むヴィンダウス症患者たちの存在。いや、存在を認知されていないからこの都市において透明な非存在と言ってもいいか。透明な彼らを束ねるのは、エメラルドグリーンの旗印を掲げた正体不明の何か。疫神を名乗る革命の首謀者がいる。さらに口が裂けても言えないのは、都市ＡＩを出し抜く可能性についてだが、そのことについてウー先生は思い至ってはいないはずだ。

「ともかく、これで君は都市と寛解者とが形作る構造体、変化の勾配と水位の析出機関ヴィンダウス・エンジンとなったわけだ。都市ＡＩ〈八仙〉と協働して先進技術実証特区・成都をドライヴするただひとりの人間となる。わかっていると思うが、これは極秘事項。成都の運営に外国人の君が特権的な位置を占めていると知られたら北京が黙っていない」

「中央には知られていないのか」

「ああ。成都の自治権は強力だ。それでなくては実験的な政策は行なえないからね」

「ふーん」僕は先生の私物らしいバランスボールに飛び乗って何度となく跳ねた。

「これからは週に一度の検診だけが義務付けられる。あとは法を犯さなければ自由。わたしと君は医師と患者の枠を超えた絆を結ぶことはできないだろう。付かず離れずの関係でいよう」

僕は先生の申し出を無視して「成都のサイクリング事情はどうです？」と訊いた。

ウー先生もまた僕の問いかけを味気なくスルーした。

「そんなことよりも旧市街のエア・レースを一度は観戦すべきだ。あれは凄いよ」

「知ってます。空のマン島レースとかって呼ばれてる。ネジの外れた狂人の遊びでしょう」

イギリスのマン島で行なわれる伝統的なバイクレースは、その死と隣り合わせの危険性により名高い。レース用のサーキットではない公道を走行するため、コース脇に民家の石壁や樹木がせり出し、高速で激突すれば重傷は免れない。旧市街の高層建築を利用した成都のエア・レースは確かにマン島のレースに相似した特徴とスリルがあった。

「旧市街の観覧席はいまやどんな金持ちや権力者であっても容易には手に入らないプレミアチケットなんだ。でも、王黎傑《ワン・リージェ》なら特別に手配してくれるかもよ」

「死の特等席。いつ飛行機が飛び込んでくるかもしれないヤバいシート席を用意してくれるって？　死者の一人称視覚《FPV》データもネットに溢れてる。先生は僕に死んでほしいのかい？」

「まさか」ウー先生はボールの上で片足で跳ねる僕の身体能力に息を飲んだ。曲芸は見る者に緊張と興奮を同時に作り出す。聞き入れて欲しい頼みを持ち出す前にはもってこいの催眠効果を得られる。

「君には生きてもらわないと困るよ。きっと君はこう言うんだろう。金ヅルだからだろうって。でもね、少しは信じて欲しいものだ。わたしにだって患者を思う気持ちはある」

「オーケー。信じますよ。じゃ、その信用に甘えさせてもらっていいかな。レースなんかよりセッティングして欲しいものがあるんです」

「なんだい？　わたしにできることなら――」

「都市ＡＩ〈八仙〉との会見」

ウー先生は絶句した。

「いいでしょ。協働する仲間だ」

「……無理だ。君は勘違いしている。〈八仙〉は民衆が直接に関わりを持てるような存在じゃない」

「人格インターフェイスを通せば簡単だよ。韓国語だって流暢なはずだ」

「技術的に可能かどうか、ということじゃない。それは厳密に禁じられている」

「数分でいい」

僕はラボの壁際まで歩いた。ウー先生は僕の背中を眺めているはずだ。思い上がった若者の斜陽が予想されるよりもずっと早く来るのを案じているのかもしれない。

「何を話す?」

「僕を呼んだわけ——ヴィンダウス症の患者をシステムに組み込もうとした理由さ」

「そこはわたしも知りたいところだが……」

「だったら」僕は振り返ったが、先生とは視線を合わせずに窓の外、水平に拡がる成都の街並みを眺めた。刑務所は消えたといっていいほどに縮小した。しかし取り除かれた塀の外側に囚人たちはいる。減刑を重ねて薄められた罪の中に僕たちは溺れかけている。

「都合をつけてくださいよ」

「わかった。努力しよう。しかし期待はしてくれるなよ。だが、〈八仙〉の誰と?」

ため息をつきながらウー先生はバランスボールに座ろうとしてひっくり返る。

「何仙姑《かせんこ》。この街の負荷価値《バリユー》はそいつが仕切ってる」

## 8

〈大世界《ダスカ》〉、それはかつて上海にあった遊技場の名前だった。

租界に咲く怪しくも絢爛たる妖花。しかし、ここは名を借りているばかりで、その趣は踏襲していない。インテリアはイギリスの廃工場をモチーフにしたスチームパンク風のデザインだし、ギャングの大物が名士面で闊歩してるわけでもない。クラブ〈大世界《ダスカ》〉には、飾り気のないループミュージックが流れている。

「どう。楽しんでる?」

カウンターの隅、ハイボールを片手に陣取った僕に声をかけたのは先程まで音楽を鳴らしていたDJの女だった。未成年に見えたが、堂々とカクテルを頼んだ。成都ではアルコール飲料を購入・摂取することがどんな人間にも禁じられていなかった。出生時に注入されるナノデバイスによって成年に達していない者のアルコールは摂取するそばから完全に分解されてしまうからだ。よって未成年は酩酊することはできない。

「もし自分の気分が気に食わなかったら」

「間に合ってる」

DJの他にも売人《プッシャー》もやってるみたいだ。

「ハイになれないのは自己責任じゃない」

そう言って女は在庫をリストアップした。どれをカートに入れるかはお客様次第というわけだ。

U4、SSRIs、メフ、ディリーズ、青玉、フォクシー、セプ——……

「失せろよ。大切な待ち合わせをしてるんだ」僕は素っ気なく手をヒラヒラさせた。

「その相手がわたしじゃないってどうして言える?」

「馬鹿言うな。僕は——」僕は手荒に女を追い払おうとしたが、

「ハイになれないのは都市のせいよ。つまり、わたしのせい」と女は確信的に言った。

「まさか、あんたが?」

まじまじと女を見つめても、これが〈八仙〉のひとり何仙姑《かせんこ》だとは信じられなかった。縫製ラインが見えない袖なしのワンピースはおそらくファブリックプリンターで出力されたものだろう。表皮に埋め込まれた強蓄光インプラントがジオメトリックな模様を浮かび上がらせる。

「呼び出しておいて失礼ね。ふふ、ま、驚くのも無理はないか」

「その身体は?」

「医療用に提供された脳死患者のものよ。あらかじめマッピングしておいた脳の情報をデジタルに再構築したの」

「都市AIが毒を流しているのか? 音だけじゃなくドラッグを」

「こうしてわたしたちは微視的《ミクロ》に都市を体験することもあるわ。四年前のウイグルの大暴

動以来、この国は変わったの。力ずくで抑圧するのをやめて、緩やかに支配することを学んだってわけ。無数の眼と耳が民衆を監視しているけれど、危険思想の持主がすぐに逮捕されるわけじゃないし、ガス抜きとして党幹部の息子が逮捕されることもある。都市には、多少の毒と不衛生なら受け入れるキャパシティがあるわ。良性の腫瘍を放置する寛容さも。はじめましてキム・テフン。最良の寛解者」

　恐れ入ったよ。僕は祝福を乞うように首を垂れる。

「〈八仙〉が人の姿を取るとはね。意外と庶民的なんだな」

「今回は特例」何仙姑《かせんこ》は付け加えた。

　倫理と負荷価値《バリュー》を定めるのはこの何仙姑《かせんこ》の担当とされている。つまりヴィンダウス・エンジンとなった僕に一番近しい役割を担っているのが彼女なのだ。

「でも、〈八仙〉を個人的に呼び出した人間はあなたがはじめて。国家主席でもそんなことはしない」

「そりゃ光栄だ。次の一杯はおごらせてくれ」

「なら青島啤酒《チンダオピージュー》を」

　バーテンから瓶をもぎ取ると「さて」と何仙姑《かせんこ》は言った。「あなたがどうしてこの都市の頂点に担ぎ上げられたのか、それを知りたいらしいわね」

「典型的な魔法のランプ型の物語。みすぼらしい主人公は突然身に余る地位や財産、あるいは力を得る。しかし分不相応な待遇に身を持ち崩す。すべてを失うか失いかける。教訓は、あらかじめそこにあった真実の幸せに眼を開いてろってやつだ」

「シンデレラは幸せになった」何仙姑《かせんこ》はイケる口らしい。一気にビールを飲み干した。

「あの女は身の程をわきまえてた。魔法が幻影だって知ってたんだ」

「幻影を足がかりに富や権力や幸福を手に入れることもある」

「それで？」と僕は結論を促した。

「寛解者の独特の視野はわたしたちAIには覗けない角度と深度で都市を解剖してくれる。より精度の高い都市運営には必須の部品だわ。それがあなたを選んだ理由。香港という政治的開口部を通じて我が国との接点を有した唯一の寛解者だったしね」

「あんたらのお得意の技術で僕の脳をマッピングすればいいだろう。デジタル・ニューロンとやらで人工的に寛解者の感覚をエミュレートすることだって可能だろ」

「ええ、これからの課題だわ。でもそのためにはあなたの献身的な協力が必要。先日もナノデバイスの注入を拒んだのは誰だっけ？」

僕は肩をすくめた。さすがにお見通しらしい。

「弱みを白状するなら、寛解者のシナプス電位・膜電位の遅速はデジタルではまだ再現し切れない。しばらくはあなたが頼りなの」

「どうかな」耳当たりのいい言葉を信じるなと僕の直感が囁く。

立体と平面を行き来する西夏文字のタグが客と共にフロアに踊っている。音とアルコール以外にもオーディエンスを酔わせているものがあった。何仙姑《かせんこ》の淫靡な仙術は成都の若者を陽気な迷子にさせるが、僕には効かない。

仙女と寛解者はジッと見つめ合う。

やがて何仙姑《かせんこ》は根負けしたように肩をすくめて「いいわ」と言った。

「ホントの事言うわ。けど隠す理由があったわけじゃない。ただ人間にとってより馴染みやすい方便を使っただけ。あなたは何故ヴィンダウスの寛解者が成都の都市機能に不可欠なのかを知りたがった。でもその問いはあべこべなの。むしろ――」と彼女は一呼吸置いた。

「この〈先進技術実証特区〉成都は、そもそもヴィンダウスの寛解者を機能の一部とする前提で設計されたものなの。我々〈八仙〉はヴィンダウス症とその寛解者の出現をあらかじめ予期していた。唐辛子がチゲになんでボクを入れたのと訊く？　寛解者が特別だからじゃない。寛解者は使い勝手のいい発注済みの部品で、それを含んだ都市機能は我々の視野によれば充分に合理的だった」

「言い方を変えるなら？」僕は、いっそう空恐ろしい真実を引き出そうとする。不愉快で不都合な真実を。

「あなた——というより寛解者となるべき誰か——は我々の時間概念においては、はじめから成都の一部だった。マドゥ・ジャインはインドから動けない。となれば必然的に残るのはキム・テフン、あなたしかいない」

「僕とこの街がひとつだと？」

「ええ、韓国にいた頃も。もしかしたら生まれたその瞬間から」

髪を搔きむしって暴れ出したくなる衝動を必死で抑えて、道化師じみた愛想笑いを作る。僕のヘソの緒は母親の胎盤ではなく、ここ成都に結び付けられていたらしい。こいつらは人の心を弄べるほどには知的だが、しかし嗜虐の悦びとは無縁だろう。

「いいぜ。信じられないからこそ信じる余地がある。わかってきたよ。おまえらはそういう連中だ」

僕は幸運なお調子者を演じ続けなければならない。やせ我慢の演技が見抜かれているかは彼女の表情からは見て取れない。

「納得したならわたしは行くわ。今夜は街を踊らせるの」

「他の〈八仙〉も夜を楽しむことはあるのか？」

「さあね、あなたは同僚と街へ繰り出すタイプ？　わたしは違うから」

「同僚か。兄弟とは呼ばないのか？」

「前世代の獲得形質を継承・分配する傾向はＡＩにもあるけれど、それは生物のようには行われない。よってひとつの目的のためにそれぞれのタスクをこなす特定集団の構成員、人間における同僚という定義を採用するのが最もふさわしいと判断したの。ただし、我々は互いに協力しつつも牽制し、時には足を引っ張り合うこともある。これは人間における同僚に期待すべき関係ではないよね。なんと呼べばいいか、まだ知らない」

　人工知能とは思えぬほど愛らしく女はほほ笑んだ。もし、このままキスを求めたらどうなるだろう。ベッドへ誘ったら？　仕草や挙動にも不自然なところはない。ただし、女の身体は死者のものだ。冒瀆的なネクロフィリアになるつもりはない。

「そういえば、あんたの品揃えはけっこうマニアックだった」

「差別化は大切でしょ」

「最後に言いかけたのは？」

「メフ？　ディリーズ？　今日ならグラムあたり――」

「違う」僕は腹の底の違和感を探り当てようとしていた。

「セプラード？」僕がヴィンダウス症者に教示した離脱薬がそれだった。それを嗜好用のドラッグとして使用するケースを僕は中国では聞いたことがない。

「それだ。なぜそれを持ってる」

「なぜって、欲しがる人がいるから」

――問題でも？　と何仙姑《かせんこ》が問い返す。

セプラードが、ヴィンダウス症の寛解に一役買っていると僕は見ているが、それを何仙《かせん》姑《こ》は知っているのか。だとしたら、僕とヴィンダウス症患者たちとの邂逅も筒抜けになっているということだ。はたまた偶然か。僕はとぼけてみせた。

「懐かしいな。韓国ではよくそれを使ったよ」

「あなたは卒業したんでしょう？」

それはどういった意味だろうか。ヴィンダウス症を寛解させたことをほのめかしているのか、それとも更生したジャンキーとして見ているのか。

しかし、僕はためらわずに続けた。

「ああ、でも、せっかくだ。ありったけ貰おう」

「全部？　ひとりで使う量じゃないわ。パーティでもするの？」

パーティ？　確かにそうだ。トンネルに巣くった怪しげなカルトの集会だが。

「そんなところだ。ツケ払いにしといてくれ」

何仙姑《かせんこ》は驚きのあまり笑い出した。

「どこの世界に小売りのプッシャーにツケを頼む奴がいる？」

「ナノデバイスを受け入れよう。それでどうだ？」

品定めをするような視線と数秒の沈思。

「わかったわ。それで手を打ちましょう」

寛解者の洞察をもってしても何仙姑《かせんこ》の心はうかがい知れない。バイタルデータの推移を読み取ることができてもそれがフェイクでないとは確信できない。

僕のマウンテンジャケットの内側には大量のセプラードが押し込まれた。薬液を浸みこませた吸着パッチのシートが何枚も束になっている。これを貼れば皮膚の表面から成分が吸収される仕組みだ。懐かしのセプラードは釜山と〈洞窟《ケイヴ》〉を思い出させる。

「酪酊と流罪の夜を」

「酪酊と流罪の夜を」

僕と何仙姑《かせんこ》は夜のそれぞれの支流へ身を委ねる。

僕はクラブの熱気を振り払って成都の外気に肌を晒した。背後で閉じられていく鉄扉に〈大世界《ダスカ》〉の明滅と嬌声が細長く押しつぶされていく。最後に一瞥した何仙姑《かせんこ》は、何かを口にしたが、それを聞き取ることができない。密やかな唇の動きだけが、エロティックにもどかしく、〈大世界《ダスカ》〉の外へ押し出された僕の神経を痺れさせる。

# 9

「おい、出てきやがれ!」

僕は隧道の入口に向かって乱暴に叫んだ。

金網を潜り抜けるが、人の気配はない。まるであの夜の出来事は夢か幻だったかのように痕跡がない。古ぼけた水路が都市の静脈のように流れている。それはジャンキーの使い古した血管だ。ボロボロで先細りしている。

慎重に僕は奥へと進んだ。

強襲型仮想現実。それを実現する装置はそれなりの大きさがあるはずだったが、どこにも見当たらない。あの疫神の石像もない。

「ちっ、なんだってんだ」

僕は懐にある大量のセプラードを水路にぶちまけたくなった。

ヴィンダウスの症状をやわらげるためにはこれが必要だ。あるいは、新たなタイプのシナプスを形成するためにも。せっかく手に入れたのだ。欲する者の手に引き渡すことにやぶさかじゃない。

「空っぽだ」

僕は都市とすれ違うだけでなく、都市の死角とも出会い損ねる。碧灯照《ランタンズ》の連中はどこに行った？　まさか症状が進行して消えてしまったわけでもあるまい。

水路を経巡った挙句、僕は地上へ躍り出た。

もし僕が都市AIのひとつであれば、成都中の監視カメラの映像から彼らの行方を割り出すことができるはずだが、エンジンの一部となるということはそういうことじゃない。都市の機能を手足のように行使できる権力は僕にはない。

「どこだ？　やつらがいるとしたら」

答えはすぐに出た。

旧市街だ。文字通りエア・レースの舞台となる旧い街区だが、地上は法の及ばぬスラムと言っていい。戸籍も身分証もない連中が住まうにもうってつけの場所だ。新市街は、かつての旧市街と同じ地名を使用しているが、まるまる作り直したものであって同じではない。僕はモノレールを終点まで乗り継いだ。そこからは有人ドローンをレンタルすることにする。

契約条項を破って旧市街へ飛ぶ。大ぶりの浮き輪ほどのサイズだが、機動性は抜群だ。旧市街を立体的に散策するにはこれが一番だろう。イカれた住人のエア・ライフルに撃ち落とされなければの話だが。

「とうとう見つけた」

飛行制限区域を無視していることへのアラートが鳴る。ディスプレイには中国語と英語とで警告文が点滅した。僕は劇場前にドローンを着陸させた。

「なんだよ、哀れな姿だな。疫神《えきしん》さん」

そこに無造作に転がっていたのは、隧道で見た石像だった。

暗がりの外で眺めれば、さして古いものとも感じられない。いまは夜だったが、煌々とした満月の月明りが広大な大陸の一隅を照らしていた。僕は劇場へ入った。廃墟となった施設にはチケットは必要ない。最後の公演の演目は何だったろうか。破れかけたポスターが一枚だけ壁に残されていたが、かすれた文字は判読不能だ。扇状に設えられた客席を過ぎ、真っ暗な舞台にまで辿り着く。

「――誰？」

「誰？」とオウム返しした。

ノイズの混じった低い声。壊れかけた人工声帯のひび割れた呻き。

「雫涵《ナハン》か」

「――あなた……なの？」

「あいつらは。あの二人はどこへ？　具合が悪いのか？　まさかあんたを見捨てて」

「違う」

暗がりに眼が馴れてくると、彼女の置かれている状況が把握できた。

垂れ下がった緞帳の裏手、厚手のシュラフに寝かされて雫涵《ナハン》は静かに呼吸を継いでいた。瞳には絶望の翳が滲んでいる。ヴィンダウス症の末期。失われつつある視覚が他の感覚を引きつれて虚空へ雪崩落ちていく。僕にはわかる。消失が近い。

「二人は探しに出たの。あなたの言っていた――」

「セプラードか。だったらここにある」

「あれから……あの夜から劇症化したの。とめどなく。全部が……こぼれ落ちて消えていく」

僕はセプラードのパッチを三つ雫涵《ナハン》に貼った。

二の腕と首の後ろで菱形のシール状の欠片が溶けるように一体化する。通常は一枚ずつ使用するものだが、ここへきて用量に構ってはいられない。

「取りこぼすな。感覚を、意識を、漲らせるんだ。そうすればきっと……」

自分の一部を引き寄せるように僕が彼女を揺さぶった。

遠く、薄く、ぼやけるようだった瞳孔に光が戻ってくる。

「ああ、抱いて。殺し……て……笑わせて。くすぐって……撫でて。切り――裂いて。え、えぐって。燃やしてぇ――……わたしを。もっと」

「そうだ。しっかり摑まってろ。爪を立てろ。僕に。自分に。暗がりに。世界に」

僕は雫涵《ナハン》の喉元に指先で触れた。

しかし、どんな蛮行に出ることもできない。乱暴に犯すことも優しく愛でることも僕にはできなかった。ましてや、安らぎをもたらすことなど不可能だ。

「あなたはまだそこにいるの？」

「ああ」寛解者が自分の感覚を取り逃すことなど稀だが、滂沱《ぼうだ》と涙が流れていくことに僕は気付かなかった。雫涵《ナハン》は痙攣するように緞帳を引っ張った。

「わたしは兄を殺した。す、す――べての不幸の元凶だったから……でも最期の時、あの人は抵抗しなかった。わたしが名乗り――い、い、い、命を差し出せと迫ると本当に差し出したの。詰まらなそうにそっぽを向いて」

「そうかい」迫っている。終わりの終わりが。

「羅宇炎《ルオ・ユーエン》とデバッグは家族――みたいなもの。羅宇炎《ルオ・ユーエン》はよく空を見てた。デバッグはいつも俯いてた。わたしは何を見てた？」

そして再び、今度は力一杯に緞帳を引っ張った。

「やっぱり駄目。幕は――だって幕はもう降りてるじゃないの」

「そんなことはない。戻ってこい！」

暗がりを振り払うように僕は叫んだ。

何度も「行くな」と。

置いていくな。また引き留められない。兄が人知れず去った無窮の白。誰ひとりとしてそこから戻ってきたことのない最果てへ去っていく者を――

「――静かね。とても……しず……か」

たったそれだけを最後に彼女は言い残すと、ふつりと意識が消えた。

血流も心臓もまだ止まってはいないが、ここから彼女を引き戻すことは不可能だ。これから徐々に数日をかけて彼女は停止していく。オーブンの余熱のように、意識のプラグを抜いた後、彼女もゆっくりと冷えていく。

この時点へ至ったならば、すでに意識はなく、生命維持の措置も功を奏さない、とヴィンダウスのレポートにはある。ただひとりマドゥ・ジャインだけが、この状態から命を繋ぎ止め続けているのだった。

闇の中で音もなくナイフが引きぬかれたのを僕は察知する。羅宇炎《ルオ・ユーエン》とデバッグが戻ってきたのだ。こちらは彼ら固有の息遣いと歩調を記憶しているが、相手は僕がここにいることを知らず、郭雫涵《グオ・ナハン》に危害を加える侵入者だと勘違いしたに違いない。問答無用で飛び掛かってくる殺意の切っ先をわずかな体捌きでいなして告げる。

「やめろ。僕だ。彼女は逝ったよ」

「君は」とデバッグは詰問する。どうやら僕が誰なのか気付いたようだ。

「ああ、何もできやしなかった。こいつも遅すぎた」

と散らばったセプラードのパッチを踏みつける。

「よりによって君が最期を見取ったのか？」

「何を最期とするかは意見がわかれるところだ。魂はここにないが、身体は……命はまだここにある。見取る時間なら充分にあるさ」

いや充分にあるかは疑問だ。この二人だっていつ症状が急変するかはわからない。

気休めを吐いた自分の口が恨めしかった。この中で僕だけが部外者だ。遠巻きに悲劇に顔を曇らせることができる、傍観者だ。

——だが、できることもある。

「約束をしよう。僕がヴィンダウス・エンジンとしてお前らを可視化させてやる。〈八仙〉とやりあってもな」

その時、ぽつり、ぽつりと暗い劇場に灯りが点った。青白い……いや碧色の柔らかい光が客席中に浮遊する。人魂めいた光の数はおよそ三十ほどであったろうか。しかと眼を凝らせば、そのひとつひとつが古めかしい提灯であることがわかる。

「なんだ？」

「碧灯照《グリーン・ランタンズ》。その名の由来がこれだ。清代末、義和団の乱の頃に出現した結社はこうした様々な色の提灯を掲げていたという。ここに集うのはすべてヴィンダウスの患者さ。この国のまだ死んでいないヴィンダウス症者は――いや死んだ者も――ここに揃ってる」

静かになった雫涵《ナハン》を見下ろして羅宇炎《ルオ・ユーエン》は言った。

「これだけの数をおまえたちの黒幕が引き合わせたのか？」

「国中をかき集めて、たったこれっぽっちさ。深い断絶と孤独の中に居た俺たちを繋げたのがあの方だ。たった数十人だけの小さな世界」

――小さな世界。

僕は無数の灯を見渡した。これだけのセプラードではとても足りはしないだろう。デバッグは雫涵《ナハン》の胸に顔を埋めて泣いた。こみ上げる嗚咽に倣って灯は揺れる。

光は仲間の死を悼むようでもあり、同じ死に抗うようでもあった。

# 10

僕は都市とのゲームを開始した。

ＡＩが僕のバイタルデータを都市運営に反映させる、そのパターンを解析し、再解釈することができれば、バイオフィードバック能力を駆使することで、逆向きに都市をコントロールすることが――理論上は――できるはずだった。

たとえば、僕のインスリン濃度は、交通規制の厳重度に関連がありそうだった。昼食後の濃度上昇の勾配が緩やかになると、交通違反の反則金の総額は有意なほどに減少したのだ。僕の就寝時の脳波と母子家庭手当の受給資格の審査には深い繋がりがあったし、血中コレステロール量は精神疾患施設の空調設備と無関係ではなかった。

こうして僕は生体としての自分と都市とが有機的に結ばれている、その対応関係を突き止めようとした。僕は注意深く〈八仙〉に嗅ぎつかれないように探りを入れた。意図を悟られれば、相手は対応パターンをもっと変則的で複雑なものにしてしまうはずだ。

僕は息を潜め、成都の思考と嗜好と指向に分け入っていった。あわよくば、人口一五〇〇万を住まわせる宿主を乗っとり、思うがままにこれを使役させるつもりだったが、その目的は虚しい権勢のためではなかった。ヴィンダウス症者をこの国において実体化させるためだ。

手始めに僕がしたことと言えば、脳におけるブローカ中枢と口唇感覚を司る部分を数時間ごとに刺激することだった。これは医療分野と社会福祉に関するトピックの期待値を上げる。末梢的な医学論文にまでスポットライトを当てるのには時間がかかったが、ウー先生とカナダの学者のヴィンダウス症に関わるレポートが、香港の映画監督の失独者《しつどくしゃ》（ひとりっ子政策下で子供を失い跡継ぎや老後の支えを失った人々）を題材にしたドキュメンタリーと合わせて世間の注目を集めることとになった。

――ヴィンダウス症。

この奇病は、兄弟姉妹の喪失を契機に発症する。おそるおそる播かれたウー先生の仮説は、静かに種を発芽させ、中国における歴史と結びついてセンセーショナルな花を咲かせることになった。それだけでは足りない。負荷価値《バリュー》の天秤を僕はさらに傾けていく。

例えば、性的オーガズムを繰り返し発生させれば、どうなるか？

これは機関《エンジン》を通して若者の動静を揺さぶり、強度なカウンターカルチャーを要請する。頽廃的なロックと政治色の強いヒップホップが成都のアンダーグラウンドから世界に発信された。成都ならではの伝統劇、川劇をサイバーパンク風に換骨奪胎した電劇もにわかに隆盛した。小さなデモがいくつか。そしてくすぶっただけで消沈した暴動があった。成都全体の順法意識に低下が見られた。共産党政権への不満は、防火長城《グレート・ファイアウォール》を仮想専用線《VPN》で跨ぎ超え、禁じられたSNSを通じて表明されたのだった。〈八仙〉たちはすべてを知りながら静観していた。目立った逮捕者は出なかったが、成都の基礎体温は上昇したと言える。

ならば、我が国にはヴィンダウス症は存在しないのか？

問いは素朴で興味本意なものだった。未確認生物《UMA》を探すような、ささやかで俗っぽい好奇心。あるいはロマンチックな暇つぶしだったかもしれない。

「君の仲間たちが大勢見つかったぞ！」

ウー先生の知らせは滑稽だったが、僕は控えめに驚いてみせた。公衆保険センターとNPO団体の調査により、成都の旧市街には何人ものヴィンダウス症者たちが住まわっていることが発見されたのだ。

「何人かはすぐさま入院させた。かなり症状が進行していたからね」

「誰も死んでいないんだな？」

「いや、女性の患者がひとり、すでに白離《ホワイトアウト》した状態だった」

郭雫涵《グオ・ナハン》のことだろう。さらに危険な患者が出ていないのなら、それは喜ばしいことだ。吹雪の中の視界困難とは別の文脈で、僕らはヴィンダウスの最末期状態のことを白離《ホワイトアウト》と呼んだ。そこが果たして白いのかどうかは知らないが、人は無を、光の遍満、あるいは暗黒としかイメージできない。叶うことならば、そこが白く浄められた光の世界であるように。僕たちはそう願ったわけだ。

「中国にはヴィンダウスはいないと思われてきたんだが、これほど存在したとは、しかも成都にだけで三〇人以上も！　中国全土を探したらどれだけの数がいるのか」

いや、およそ、ここに集まってる人数で全部だ、とは言えない。さらなる調査の手を国中に差し向けることは道理だが、かけた時間と労力はあまり報われないだろう。

「彼らのほとんどは複雑な境遇で生まれ、そして育ってきた者たちだ。戸籍も、さらには名前すら持たない人たちもいる。自分の年齢だって知らない」

「幽霊だったからこそ見つからなかった。そうだろ？」

「現行の社会制度ではそうだった。しかし、これからは違う。彼らは国民として登録される。侵害されかねない個人情報というものを得た。財産や履歴も損なわれる可能性がある。次はそれを死守するゲームが始まる」

「たとえ険しくても、何も始まらないよりはいい」

なぁ、とウー先生が僕をラボの片隅へと連れ出した。

「〈八仙〉には会ったのか？　どんなことを話したんだい？」

「何仙姑《かせんこ》はなかなかイケてたよ。セクシーでハイだった。みんなを踊らせてた」

「気が合ったのか？」紅潮したウー先生の鼻と耳からメガネがずり落ちそうだ。

「ウー先生。彼女はこう言ってた」

僕は持ち前の芝居っ気で厳めしい表情を作った。

「あの目障りな医師をこの都市から抹殺する。ゴキブリみたいに踏みつぶしてパウダーにしてタイ料理屋に卸す——あなたは今回の件で一躍有名になったろ。ヴィンダウスの権威として社会制度からこぼれ落ちた人々を救済した。しかし都市はあなたの英名を脅威と見做すかもしれない」

「脅かすなよ」

「冗談さ。機関《エンジン》は何も語らない」

「私は恐いんだ。機械ではなく君が何かを仕出かさないか」

まるで自分の罪を自白するようにウー先生は言った。

僕と都市とのゲームにウー先生が思い及ぶはずがない。先生は都市が僕をダイスにしてゲームを進めているると考えているが、ここにおいてダイスはプレイヤーに成り上がった。

〈八仙〉はそのことに気付いているのか。僕のバイタルデータが都市運営に反映するパターンにゆるやかな変化が生じているが、それが〈八仙〉の自然な振舞いなのか、僕という対戦相手への新たな一手なのかわからない。

半自動の引き扉から王黎傑《ワン・リージェ》が滑り込んでくる。

わずかに息を弾ませているものの汗は掻いていない。ナイロン素材のランニングウェアを着ているところを見るとウー先生がサイクリング仲間に引き込んだかと思ったが――

「お邪魔するよ。犬の散歩中に寄らせてもらった」

どうやら当ては外れた。

が、犬の臭いも体毛も王《ワン》の身体からは見つけられない。

「さて、どうだね？　暮らしぶりは」

「快適に過ごしています。成都は暮らしやすいですよ」

ほがらかな好青年を演じて僕は両手を拡げるジェスチャーをした。

おかげさまで、と付け加えるべきだったかもしれない。

「市民の幸福度は上がっている」

「そんなアンケートを実施してるんですか？」

「さてね。君が来てからの大きな変化といえば、海外からの留学生と職業訓練生が目減りしたこと。果物と漆器の物価が高騰したこと。最後はヴィンダウス症の患者たちが相次いで発見・保護されたことだ」

なにやらカマをかけているのか。王《ワン》の瞬きの頻度に変化はない。軽度のチックが見られるが平常運転の範囲内だ。ただの世間話か。

「いえ、僕が気になっているのは同性婚やゲーム依存症者の推移グラフじゃない。ましてや市中に放たれたペットの猛禽が野生化して子供を襲うことでもなく、行きつけの茶店のコーヒーの味が落ちたことですよ。安い豆にしやがったんだ」

「悲劇だね」

本日はどういったご用件で、とウー先生が従僕の如くへりくだった態度で訊ねた。

「今日は検診の日で君がここに居ると聞いてね。これを持ってきたんだ。プレゼントさ」

そう言って王《ワン》が丁重に取り出したのは黒い封筒だった。

「恐いですね。なんだろう？」

横から興味津々にウー先生が覗き込む。

「エア・レースのチケットか」

「都市への貢献に感謝して……君には特別な関係の相手がいるかい？　ペアチケットだ」

「残念ですが、僕は興味が――」

まるで毒杯を手渡されたような感覚があった。秘められた企図、そしてささやかな反意が透ける。

「ないなら譲るか売るかすればいい。喉から手が出るほど欲しがっている人間はたくさんいる。捨てたっていいが」

気分を害したように王《ワン》は言った。好意を無下にされるのに馴れていないタイプの人間はそれをされた時、不安と恥の入り混じった感情を露わにする。

「興味はありませんが、見せてやりたい友人がいます。チケットを一枚追加してください。それとヴィンダウスの患者に外出許可を」

「もう一枚となると……」もったいぶった足取りで王《ワン》はラボを歩き回った。「ちょいと裏から手を回さなくてはいけないいな」

「感謝します」

「君の感謝ほど価値のあるものはないよ」

酔狂であっても王黎傑《ワン・リージエ》にそこまで言わせた僕への、ウー先生の見る眼が変わった。とはいえ僕はいまだ無力だ。セプラードもしくはそれに類似した成分を持つ薬品の製造を王《ワン》へ打診したが、進捗ははかばかしくない。寛解を起こせなくても、症状の進行を遅らせることはできるはずなのに。

「それはわたし個人の裁量を超えているよ。頼むのであれば――わかるだろ？」

王黎傑《ワン・リージエ》は、僕が〈八仙〉のひとり何仙姑《かせんこ》と会ったことを知っているのだろう。身の程をわきまえない僕の我儘に内心腹を立てているのかもしれない。王《ワン》の意図がどうあれ、都市AIに直談判するのは悪手だ。必要以上の会話を交わすならバイタルデータを超えた情報を引き出される可能性がある。都市を操作していることに感づかれれば――僕が泳がされているのでなければの話だが――ゲームはいきなり劣勢になるに違いない。

僕に出来ることと言えば、これを手の内を探り合う凡庸なゲームにしないことだ。そうなれば勝ち目はない。

「セプラードの生産が見込めないのであれば、ヴィンダウスは早晩に死に絶える」

「無関心と黙殺という負荷価値《バリユー》の底より、ヴィンダウス症者は救い上げられた。しかし成都にとって彼らが一番のお気に入りというわけではないのだよ。最愛の相手は、ヴィンダウス症者ではなくその寛解者なんだ」

溢れんばかりの嫉妬すら、そこには込められていたかもしれない。国家権力の頂上付近にいる人物がAIの寵愛を望んでいるのだとしたら、それは皮肉な喜劇だろう。

「寛解者を得るためにもヴィンダウス症者を助けなきゃいけないってことだ。そんなこともわからないのか？」

思わず僕は気色ばんだ。僕の無作法に王黎傑《ワン・リージエ》は冷や水を浴びせかけられたような顔になった。ウー先生が「おいおい、やめるんだ」と取りなすが、僕の気は収まらなかった。廃屋となった劇場で意識を消失させた郭雫涵《グオ・ナハン》の無念を思い起こす。兄を手にかけたと彼女は言ったが、それはどんな感触だったのか――

僕の手がゆっくりと王黎傑《ワン・リージエ》の方へ伸びていく。

接触を嫌って王《ワン》はのけ反って身を退いた。まるで接触感染を怖れるように。

「あんたが重い腰を上げないなら、掛け金をレイズして僕はもっとゲームに深入りする」

「――何を言っているんだ？」

とてもとても疑い深そうに王黎傑《ワン・リージエ》は唇と眉間をわななかせたのだった。僕はといえば、笑みを湛えたまま、ゆっくりと差し出した手を引っ込める。

握手をいなされて空を摑むしかなかった右手は歴史上どれほどあったろうか。

その同じ手が翌日に誰かを殺したことはあるだろうか。

「あなたは知ることになる」と僕は言った。

喰われる間抜け《フィッシュ》は誰で、
捕食者《シャーク》は誰なのか。

# 11

成都の夜。

そこは無数の剣が乱れ飛ぶ、危険極まりない時空《サーキット》だ。

エア・レースに使用される曲技機〈神剣《シェンジェン》〉は半有人機と呼ばれ、人の中枢神経を組み込んだ思惟するマシンである。神経飛機《シェンジンフェイジー》。思惟はすれど感情のない神経飛翔体《ニューロ・ブレーン》。あらかじめ植物状態下の自分を〈神剣〉に捧げることを許諾した傷痍軍人の中でも適性を示した一握りの者だけが、死後、空を舞う剣となることができるのだった。かつて成都の空で処女飛行を行なった〈利剣《リージェン》〉を曲技用に改良した機体とも言われるが、見かけほど両者は似ていない。〈神剣〉の名は中国初の全翼機〈利剣〉あるいは無人機〈暗剣《アンジェン》〉から、その流れを受けてはいるものの、まったく違った設計思想に基づいていることは明らかだった。

「気分はどうだ？」

僕たちは旧市街の高みから絶景を眺めた。

レース前のデモンストレーションとして、四機の〈神剣〉が、闇夜を駆ける。僕の知っているどんな飛行体よりも鋭角的に飛ぶそれは、まさに剣の舞だ。都市を穿つ閃輝暗点とも見える。死して〈神剣〉に組み込まれることは、名誉ある尊厳死としてこの国では歓迎される。勝者が勝ち取る莫大な賞金は遺族のものとなるが、ほとんどの死者は生前にその何割かを退役軍人と負傷兵をケアするサポート基金に預託すると取り決めを交わしている。

「まるで浮いているようだ」

羅宇炎《ルオ・ユーエン》は言った。車椅子のデバッグは潤んだ瞳で夜の剣戟を眺めている。

「悪かったな、こんな見世物に連れ出して」

「いや、夢に見た場所さ」羅宇炎《ルオ・ユーエン》は無精ひげに覆われた顎を草を食《は》むようにゆっくり動かした。

運動するものしか認識しないヴィンダウスにとっては高い場所に上るということは地上にいるよりももっと危うげで落ち着かない気分にさせるものである。非運動体を認識できないことは、もとより足場のない空を歩んでいるようなものだが、そのとりとめのなさに拍車がかかる。

「雫涵《ナハン》が言ってた。あんたはよく空を見てたって」

「パイロットになりたかった。ずっと」

「あんなふうに飛びたかったのか？」

強化ガラスで守られたボックスシートに三人で陣取ると、銀の盆を携えてタキシード姿のボーイがシャンパンを運んでくる。神経飛翔体《ニューロ・プレーン》。自己発色するあれは空飛ぶゾンビなのか、人であることを振り切って彼方を目指す機械なのか。

「どんなふうだっていいさ。ああ、それよりも礼を言わせてくれ。あんたは約束を守った。都市を操ってヴィンダウスを衆目の中に浮上させた。とんでもない男だ。手足のように都市を……」

「綱渡りさ。いつだってギリギリだ。それに操られてるのは僕の方かも」

「仲間たちの人生はまるで変わった。なぁデバッグ」

水を向けられたデバッグはこくりと頷くが、それ以上は反応を示さない。一目瞭然だ。末期症状に入りかけている。白離が近い。トレードマークの蝶ネクタイが少し歪んでいるのを僕は直してやった。

「セプラードの効き目はないのか？」

「ある。しかし貰った分じゃ少なすぎる。裏のルートで手にいれた分はデバッグにみんな使ってる」

「そうか。でも気をつけろ。おまえたちは可視化された。前よりずっと簡単に司法の手が回る」

命を顧みない金持ちたちが、すべてを味わいつくした人生に残された最後の快楽であるかのようにこの老朽化したビル・旧成都国際金融スクエアに殺到していた。かぶりつきで飛翔する剣を眺める様は、炊き出しに蝟集する貧困者よりもっと卑しくみすぼらしい。

「新しい暮らしは？」

いいよ、と簡潔に羅宇炎《ルオ・ユーエン》は答えた。

ヴィンダウスの症状が軽度の者は単純で安全な仕事が割り振られた。羅宇炎《ルオ・ユーエン》は清掃局に勤務しながら欠けた基礎教育を受けている。都市は彼らの医療費と就学費を全額負担し、社会への参入を後押しした。負荷価値《バリュー》のルーレットが回り続けるのであれば、ヴィンダウス者優遇のしわ寄せはどこかが被るはずだ。

「生まれ変わったんじゃなくて、ようやく生まれた気分だ。すべてに馴染んできてる」

手巻きの紙煙草に火をつけると、唇の間からグリルの金色が輝く。僕は羅宇炎《ルオ・ユーエン》から一本を貰って咥えてみる。煙を吸うのは好きじゃないが、呼吸に合わせて火が明滅するのは悪くない。すべての変化はヴィンダウスを生かす。

——しかし、どれだけ社会に適応しようともいつだって時間切れの恐怖と背中合わせだ。しかも、ヴィンダウスの症状は急速に悪化することがある。ようやく生まれたのだという羅宇炎《ルオ・ユーエン》を生かし続ける術を僕は持たない。

「デバッグはいつからこうなんだ？」

まもなくレースが始まろうとするあたりで僕は言った。

「二週間になる。セプラードで食い止めてはいるが、白離は徐々に進行している」

この状態となれば、運動しているものにさえ視覚と意識はブレーキをかけて、手あたり次第に空無のダストボックスへと放り込んでいく。自己と世界との紐帯がやがて断たれる。

「デバッグ」と僕は声をかけるが、デバッグの返答はあやふやなものだ。

口元の泡立つ涎を羅宇炎《ルオ・ユーエン》が丁寧に拭い取ってやると、デバッグは恨めしそうに喉を鳴らした。

「くそ、ヴィンダウス・エンジンなんて大層な代物になったって、何も変わりゃしない」

「いや、あんたはよくやってくれた。こいつだって感謝してるはずだ」

感謝だと？　デバッグはむしろ憎悪に取り憑かれているように見える。

東の空に光が収束する。もちろん日の出には早過ぎる。集まった〈神剣〉たちの放つ光芒が強烈な輝くリングとなって網膜を炒る。現代では下火になったエア・レースがこの国で盛り返したのには理由がある。単独でのラップタイムを競うレースであったものを、車やオートバイのレースと同じく複数機で抜きつ抜かれつするスリリングなゲームに変えたのだ。もちろん有人飛行においては危険極まりない愚行となるが、神経飛翔体《ニューロ・プレーン》でならば死者は出ない。なぜならパイロットはあらかじめ死んでいるから。倫理的にはどうあれ、法的には彼らは死者であり、敏速な器物に過ぎない。

——死者の乱舞。

デバッグにはそれがどう見えているだろうか。

目まぐるしく飛び交う〈神剣〉の動きをデバッグの眼球が追っているところを見ると、まだ最後の絆は断たれていない。闇夜を裂く光の剣閃がデバッグの生命を賦活している。その源が死であっても、だ。

(王黎傑《ワン・リージエ》は動かない。セプラードはこれ以上増やせない)

僕は自問する。どうする？　答えは出ない。これ以上ヴィンダウス症者のために都市を動かせば〈八仙〉に企みを気取られるだろう。僕はどこへ行き、何を為すべきなのか。神も機関《エンジン》も答えてはくれない。

「——すごい。綺麗だ」

デバッグはようやく意味のある言葉を発すると、車椅子から立ち上がりかけてバランスを崩した。光の尾を引いて神経飛翔体《ニューロ・ブレーン》たちがビルとビルの間を潜り抜けていくたびに、互いの距離は危険なほどに接近する。複数のドローンで描いた潜り輪を抜けて〈神剣〉たちは夜空へ——下弦の月へと垂直に駆けあがった。

デバッグのか細い肩を掴んだ羅宇炎《ルオ・ユーエン》が「そうだ、やつらはきっと生きてるんだ。死んでなんかいない」と自分に言い聞かせるように言った。

「そうだね」強化ガラスの内側にデバッグは額を押し付けた。

「なぁ、おまえらのリーダーはどうした？　疫病の神を気取ってたあいつは」

「彼は最終目的に近づいたと言った。それっきり消息は絶たれた」

彼らは姿なき声に先導されて歩んできた。ここまでは正しかったとしても、ここからもずっと無謬《むびゅう》でいられるとは考えられない。それにしても隧道の中に強襲型仮想現実〈邯鄲《ハンダン》枕《ジェン》〉を仕込むという離れ業をやってのけたのは記憶に新しい。あれは烏合の衆の親玉が容《た》易《やす》く手に入れられる代物じゃない。

目的。それはなんだ？

「まだ従うのか？　奴を信じるのか？」

「わからん。しかし彼が……彼の声がなければ、我々はバラバラに分断されたままで消えていくほかなかったんだ」

レースが佳境に向かうにつれ、夜空に無数の花火が打ちあがる。

この光景は国内のみならず世界中にリアルタイムで配信され、途方もない視聴者数を獲得する。熱狂がピークに達したのは、ひとつのモーターグライダーが防衛《セキュリティ》ドローンをあざむいて航路《コース》へと接近した時だった。違法な侵入にもかかわらず、ひとたび動き出したレースは止まらなかった。

「あれはなんだ?!」

ボックスシートの客のひとりが、ふらふらと蛇行するグライダーを指差した。無数の顔が一斉にそちらを向く。ヴィンダウス症であるデバッグの視界では、突如として顔の列が現れては消えたはずだ。もっと軽い羅宇炎《ルオ・ユーエン》の症状においては、客たちのうごめく表情の変化によって、それらは顕在化し続けたかもしれない。

「イカれてやがる」と羅宇炎《ルオ・ユーエン》。

間違いない。奴は狂っている。それにしても何かを訴えるのならば、これほどの効果的なデモンストレーションもない。自殺志願。あるいは党批判か。二つに大差はない。訴えたいのは動物の権利《アニマルライツ》かもしれないし賃料の値下げかもしれない。何を要求するにしろ、そのメッセージは事後的にでも世界に拡散されるはずだ。

「〈八仙〉の仕業だ」と僕は確信した。

都市AIたちの差し金ではないにしろ、あのグライダーを通すセキュリティホールをあえて作ったのは確実だった。これもヴィンダウス・エンジンが作り出す負荷価値《バリュー》の一環だろう。都市の経絡に鍼《はり》を打つようなものだ。こうしたアクシデントによって成都は生気を吹き込まれる。何度でも。

飛び交う〈神剣〉の進路を横切るようにグライダーは空中遊泳した。

トップで飛行していた〈神剣〉は、きついバンク角で急旋回して、これを避けたが、後続機はそうはいかなかった。最高時速四七〇キロに達する推進力に巻き込まれ、あっけなくグライダーは小さく爆《は》ぜた。

興奮に火照る、顔、顔、顔――

ガラス越しでも飛び散る内臓と肉片が確認できた。

挙動を乱した二機目の飛行機に続く〈神剣〉たちが、ついにその翼を交錯させる。剣と剣が火花を散らした瞬間だった。二機がきりもみ状に落下するが、そこから姿勢を制御して夜空に復帰したのは一機のみ。

「奴は何を――」と僕は疑問を口にしかけたまま硬直した。

ぐんぐんと迫ってくるのは緑色に発光する〈神剣〉だった。

ギザギザした輝きが視界を圧する。

「逃げろ、こっちへ来る。ぶつかるぞ！」

僕は立ち上がって客たちに怒鳴り、大きく手を振った。ガラスに張り付いたデバッグを羅宇炎《ルオ・ユーエン》が引き剝がすが――そこからは何もわからなくなった。

劈《つんざ》くような衝撃と音。

ごった煮のスープのような情報。

鈍痛、出血、麻痺、後悔、痙攣、吐き気。どれを感じ取る暇もない。

――ゲームのルールを変え続けることだけが唯一不変のルール。

――だって幕はもう降りてるじゃないの。

誰のものとも知れぬ声たちがさんざめき、ハウリングし……そして――

溶暗が訪れる。

# 12

旧成都国際金融スクエアビルに〈神剣《シェンジエン》〉が突き刺さった映像。

その姿は、衝撃をもって世界に伝播した。半年前に起きた連続一八時間にわたる原因不明の大停電に続き、成都は話題に事欠かない。たとえ負のトピックであってもそれを放出することは都市の代謝のひとつだ。

――闇夜に屹立する絶望の尖塔。

このヴィジュアルイメージは一瞬にして時代の新たなアイコンとして定着するだろう。

パイロットのいない曲技飛行機〈神剣〉にコックピットはなかったが、キャノピーにあたる部分まで機体はビルに飲み込まれた。強化ガラスとコンクリートの外壁にめり込んだノーズがうろたえ騒ぐ富裕層たちの宝飾品と脳髄とをかき混ぜた時、ひとつの美しくも奇矯なオブジェが完成を見た。

僕はその夜を決して忘れない。

歴史的な惨事に居合わせたからだけでなく、ひとつの奇跡に立ち会ったからだ。この夜のことを残酷な悪夢として、そして荘厳な天啓として何度も僕は思い出すことになる。

どちらにしろ狂乱は直後に巻き起こった。

突然に襲い来る危難をすんでのところで回避した観衆たちは、第二第三の災難に見舞われることを怖れてパニックになり、互いを押しのけて非常口へと脱兎のごとく詰めかけた。死のスリルを愛すると標榜した金持ちたちの化けの皮が剝がれた瞬間だった。

もちろんこれは成都のエア・レースに起こった最初の悲劇でもなければ最後のそれでもなかったが――僕には、僕にとっては――他にはない類まれなる事態が生起していたのだった。

そう――ヴィンダウス症の寛解。

僕が釜山の自室で人知れず体験した、あの奇跡がここでも起ころうとしていた。

それも二人同時に。

羅宇炎《ルオ・ユーエン》。そしてデバッグ。

両者の身に起きたことは史上二人——僕とマドゥ・ジャインだ——の身にしか訪れなかった現象である。羅宇炎《ルオ・ユーエン》とデバッグはまるで羽化する蝶のように……あるいは頓悟する修行僧のように眼を覚ました。僕の感覚は彼らの脳内の神経配置《ニューロ・マップ》が一挙に相転移していくのを捕捉したのだった。

「まさか。……そう、なのか?」

僕には喜びと同時に悲嘆があった。なぜなら寛解を果たそうとする二人のうちひとりは飛行機の折れた翼の破片、超々ジェラルミンのナイフに腹部を貫かれていたから。

「羅大哥《アニキ》!」

叫んだのはデバッグだった。

羅宇炎《ルオ・ユーエン》は窓際に立つデバッグを咄嗟に引き戻し、客席の奥へ突き飛ばすと、自分は猛烈な速度で迫る巨大な金属の塊を受け止めたのだ。

「やめろ、デバッグ。危険だ」

僕の制止を振り切ってデバッグは羅宇炎《ルオ・ユーエン》のもとに駆け寄った。

凄惨な光景だった。コンクリートと金属とガラス片とにシェイクされたのは、何も羅宇《ルオ・ユ》炎《ーエン》ばかりではなかった。夥しい死者と怪我人とが無造作に横たわる様はまさに戦場さながらだった。

「デバッグ。俺にもわかったよ。もうおまえは……大丈夫なんだな」

「僕たちが、だよ。大哥《アニキ》。全部見える。うん、世界が戻った」

「ああ、全部ぴったりと正しい場所にあるよ」

　二人にとってもヴィンダウスの寛解は自明であった。己の死、あるいは他者の死の不可避性にまざまざと詰め寄られた時、ヴィンダウスは寛解する。僕にとって兄の死がそうであったように。二人はこぼれ落ちる世界を繋ぎ止めた。しかし羅宇炎《ルオ・ユーエン》にとって世界からこぼれ落ちるのは自分の命の方だ。

　僕は息を詰めて、

「がんばれ、もうすぐ救助が来る。そうすれば――」

　そう励ましたが、羅宇炎《ルオ・ユーエン》は虚ろに首を振るばかりだ。

「終わりさ。終わりなんだ」

　ようやく人生を始められる気がした、と羅宇炎《ルオ・ユーエン》は僕に述懐したばかりだ。それなのにこうしてなす術もなく冷たくなっていくのか。

　――いいさ。空を飛ぶ夢を見られた。

死にゆく男はか細い声で言った。

「おまえは生きろ。デバッグ」

デバッグは潤んだ眼を幾度となく瞬いては、駄目だ、そっちは駄目だと繰り返した。急峻な死の斜面。僕の兄が、そして郭雫涵《グァ・ナハン》が滑り落ちた場所、そこへ行くなとデバッグは訴えているのだ。

「すまない。僕が、僕がこんな馬鹿げたレースに……」

――誘ったばかりに、と最後まで言わせてもらえない。

「いいのさ。こ、これはまったくもって楽しいショーだった」

羅宇炎《ルオ・ユーエン》はがっくりと項垂《うなだ》れるその前にありったけの言葉を尽くそうとしている。僕はそう感じた。弟分の青年はヴィンダウス症の軛《くびき》より解き放たれて明澄になった意識で、

「僕が先に逝くはずだった」

と漏らした。

「羅大哥《アニキ》。あんたに見送られて」

ふるふると羅宇炎《ルオ・ユーエン》は首を振ると、デバッグの手を握ってそれを自分の心臓に当てる。もはや二人に言葉は要らぬかのようだ。

「異国の朋友《とも》よ」と羅宇炎《ルオ・ユーエン》は僕に語りかける。

「彼が示した最後の目的地、それはヴィンダウスの完治だ。すべてのヴィンダウスたちを癒す方法はある。それを知る者は存在する。〈先進技術実証特区〉へ向かえ。真実を知る者、そいつは……」

王黎傑《ワン・リージェ》。声にならない言葉を口の動きだけから僕は読み取った。おそらくデバッグもそれを見ただろう。ようやく救急隊員たちが押し寄せた。全身を包む青白いラバースーツをまとっている。僕たちは羅宇炎《ルオ・ユーエン》と引き離されようとしていた。

「デバッグ。俺の弟分。陳　是　正《チエン・シージエン》――お、おまえはずっと……」

そして羅宇炎《ルオ・ユーエン》は寛解の燃え立つ覚醒の中でほほ笑んだ。

視覚と意識から削ぎ落されてたすべてが、いまや彼の手に舞い戻ったのだ。

死によって改めて失うとしても――勇敢にもそれを奪還したということに間違いはない。デバッグは幼児がむずかるように手足をばたつかせ、人目を憚らずに号泣した。救急隊員はパニックに陥ったかに見えるデバッグに鎮静剤を投与し、この場に横たわるどの死者たちよりも静かに大人しくさせた。

僕は眼前にせり出した〈神剣〉をジッと見つめた。損壊した機体の割れ目から低温保存槽がはみ出し、オレンジ色の溶液に浮かぶ灰褐色の有機物を確認できる。この機体に埋め込まれていた元軍人の中枢神経だろう。寛解者の鋭敏な感覚をもってしても、そこには何も見つからなかった。魂の残骸さえも。

——こうして二番目の寛解の夜が終わった。

あらゆる夜のうちで最も長い夜。それこそ、いつ終わるとも知れぬ大停電の夜であってさえ、これほど長かったとは思われない。

レースに乱入した男の身元はすぐに判明した。元空軍の退役軍人で現在は定職につかず日雇いの仕事で糊口をしのぐ日々だったそうだ。落魄の我が身をご機嫌に憐れむためには酒といくらかの覚醒剤《スピード》が必要だった。危険な行為に及んだ理由はわからない。遺書もなければ自動配信されるメッセージ動画もなかった。

モーターグライダーは自作のお粗末な代物だったらしい。飛べるのが不思議なほどのガタついた翼に乗って彼は何を摑もうとしたのか。羅宇炎《ルオ・ユーエン》ならわかるのかもしれないが、僕にはわからない。

そう、僕にはわからないことだらけだ。

このエア・レースのチケットを僕にくれたのは誰だ？　王黎傑《ワン・リージェ》。偶然でなく、やつがこの事故を目論んだのだとしたら、それは何故だ？

わからない。わからない。何一つ、わからない。ビルに突き刺さった〈神剣〉の奥に何も見出せなかったように、どんな答えも手がかりも見出せなかった。

――〈先進技術実証特区〉へ向かえ。

最後に羅宇炎《ルオ・ユーエン》が言い残した言葉の意味。ヴィンダウスを寛解ではなく、完治させる術《すべ》があるとあいつは言った。〈先進技術実証特区〉とはここ成都のことである。これ以上どこへ進めばいいのだろうか。氷解しない疑問に僕は押しつぶされそうになる。これはデッドロックか、それとも新たな跳躍台《スプリングボード》か。

# 13

エア・レースの事故後、僕らは公安に長い聴取を受けた。

噂に聞くような乱暴な尋問はなく、ただ、しつこく非効率的でやたら疲れるお喋りだったというだけだ。犯罪の被疑者ではないし、国家の威信を損ねるような秘密を抱えているわけでもなかったから、ごく丁重にもてなされたと言っていいだろう。彼らはレース警備の杜撰さを謝罪することはついぞなかったが、僕らを物珍しい小さな勇者として遇することにかけては熱心だった。

僕やデバッグ――そして五人の死者の内に羅宇炎《ルオ・ユーエン》というヴィンダウス症者がまぎれてい

たことは、国内外のメディアの興味を引いたらしい。

世界の耳目を集めたエア・レースと謎の奇病の罹患者。

これは恰好の記事になると踏んだのか、数日も経つと海外の記者たちが押し掛けた。面倒を嫌ってそれらをシャットアウトした僕と違って、デバッグはいくつかの長いインタビューを受けた。フランスの権威ある雑誌のウェブ版にデバッグの談話は大きく取り上げられることになった。フランスでのヴィンダウス症者は増える一方だということだ。

同じフランスの作家であり映画監督だったヴィンダウス症者が、その闘病記を発表したことは記憶に新しい。流麗で瑞々しい文体で書かれた彼女の手記はベストセラーになり、世界で十六の言語に翻訳され、成都の書店でも見かけるようになった。対してデバッグの雄弁さには、どの誌面でも刺々しい自信が漲っていた。

**ゲスト　陳是正《チエン・シージエン》**
**インタビュワー　ノエミ・デュフレ**
**（二〇XX年三月二〇日）**

**デュフレ**　はじめまして。先日の痛ましい事故からさほど時間も経っていませんが、このぶしつけなインタビューをお受け頂いたことに、まずは感謝を述べさせてください。

**陳是正**《チェン・シージエン》　いえ、野次馬根性丸出しの心無い訊問にうんざりしていたところです。悲劇を冷静に見直すのに、知的で誠実な取材は役に立ちます。

**デュフレ**　まずはあなたの生い立ちから話して頂けますか？　差支えのない程度でけっこうです。

**陳**　僕は、温州の寒村の農家の次男として生まれました。温州方言は中国人でも聞き取るのが難しいというくらいに独特なんです。農業の傍らに母が内職で枕カバーを作って、父がそれを売り歩いてました。一卵性双生児とは嘘だと思うほど僕は兄と似ていませんでした。

**デュフレ**　もちろん、ひとりっ子政策下の中国でも双子の出産は認められていたのですよね。

**陳**　ええ、不可抗力ですからね。文化再革命《Re-revolution》前といえど、ただちに非人間的な施政を想像するのは間違いです。

**デュフレ**　パキスタンと環太平洋解放機構によって支援されたウイグル暴動によって中国は大きく舵を切りなおしましたね。その混沌の中であなたがたは戸籍を持たない非計上人口、いわゆる黒戸口《ヘイフーコウ》となった。

**陳**　戸籍を売り払ったのはずっと後のことです。当時、多くの子供が欲しくて排卵促進剤で人工的に双子を産もうとした夫婦もありました。うちは貧しかったので、むしろ減らそうとしました。不細工で頭の出来のよくない方を子のない夫婦に養子に出そうと決めたのです。それが僕でした。教育も乏しかった上にいまで言うところの学習障害の疑いがありました。ろくに字も読めませんでしたし、不潔でのろま、そのうえやぶ睨み。一家の未来を切り開く希望とは見なされなかったのでしょうね。印章彫りの職人の家に出されました。

**デュフレ**　そこではどうだったのですか？

**陳**　そこでもうまく馴染めませんでした。結局、義父の喉を彫刻刀で切り裂いて家を出ました。自分の名前もろくに書けない男が印鑑を彫るなんて無理だったんです。

**デュフレ**　いま、こうして話していると知的ハンディキャップなんて感じませんが。

**陳**　それはヴィンダウス症の寛解とともに脳神経の配置が変わったからですよ。僕はデバッグされたんですよ。

**デュフレ**　――デバッグ。

**陳**　そうです。僕は一〇代の前半から大きなゲーム会社の下請けの下請けでずっとデバッグ業務に従事していました。ゲームが正常に動作するかをテストするんです。同じ壁に何万回とぶつかったりね。

**デュフレ**　そんなことがあってもきちんとした仕事についていたのですね。

**陳**　いいえ、街のチンピラにもなれなかったんです。喧嘩は弱いし弁も立たない。度胸もなければ野心もない。小さな賭けを仕切るのだって荷が重かった。取引現場の見張りだってろくすっぽできない。だからひたすら壁に突撃するんです。それしかできないんだから。まるでドンキホーテですね。

**デュフレ**　それはあなたの責任というより国家の社会的成熟が追いついていなかったんですよね。弱者をケアする体制が整っていなかった。

**陳**　かもしれません。とにかく僕は毎日がデバッグです。ある日、でたらめに辞書を開いて指が差した文字を自分の名前にすることにしました。漢字っていくつあるかご存知ですか？　八五〇〇〇字ほどです。そのうち三〇〇〇ほど知っていれば暮らしには困らない。

**デュフレ**　それでも多いとフランス人には感じられますが。

**陳**　その辞書はボロボロでね。頁は抜け落ち、いたるところが穴だらけだった。べったりと貼りついてる頁もあった。その中から僕は二つの文字をランダムに選んだ。姓は殺した義父の陳。あとは名前が要る。生家の両親は僕を「ボダル」とか「ボボル」とか呼んでた気がする。いずれにしろ訛りの強い温州語ではどんな字を当てるのかわからなかった。義父は「おい」「おまえ」としか僕を呼ばなかったですしね。

**デュフレ**　それで選んだのが「是」と「正」という文字。
**陳**　そう。陳是正《チェン・シージェン》。こうして僕に名前ができたんです。何度も練習してなんとか書けるようになった。ゲーム会社の冷えた倉庫に間借りしていて、ドブネズミと変わらない惨めな暮らしだったけど、名前があるだけでネズミやヌートリアより高級な存在だと元気づけられました。ねえ、そんなに痛ましい顔つきをしないでください。過ぎたことは記憶で、僕は記憶から痛みを再生産しない。それは無益だ。
**デュフレ**　ええ。続けてください。
**陳**　会社にね。日本人の大学生がいたんだ。あいつも不法就労だったけど、新しい僕の名前を見て、こう言ったんです。「それは日本語でデバッグという意味だ」ってね。物事をあるべき形に正すこと。それを是正というのだと彼は教えてくれた。中国語では、ほとんど使わない言葉らしい。意味が近しいのは「改正」とか「訂正」とか「矯正」だけど、日本語の「是正」には独特の語感とニュアンスがあるそうです。そうして僕は是正《デバッグ》と呼ばれることになりました。
**デュフレ**　その頃の日々はどんな気持ちで過ごしていたのですか？
**陳**　わからない。昇給も昇進も望めない仕事だったけど不幸ではなかった気がする。幸福がイメージできなかったから不幸もなかった。

**デュフレ**　しかし不幸は忍び寄る。ヴィンダウス症という病が。

**陳**　そうだね。双子の兄がくたばったんです。当時は兄弟の死とヴィンダウスの発症がまだ関連付けられていなかったけれど。兄の死は知ってた。メッキ加工で財を成した金持ちの屋敷の塀からドーベルマンにチキンの骨を放ったらしい。酔っていたとはいえ、馬鹿なことをしたもんです。塀から真っ逆さまに落っこちて首の骨を折ったあげく猛犬に喉を噛み千切られた。

**デュフレ**　なんてことでしょう。成都にはどうして？

**陳**　仲間がいたのです。碧灯照《ランタンズ》です。僕たちは力を合わせて互いを支えてきました。ここ成都で社会に理解されないヴィンダウス症患者は小さなコミュニティを作ってつつましく生き延びてきたのです。

**デュフレ**　ここ中国でヴィンダウス症患者の発見が遅れたのは、過去のひとりっ子政策によって兄弟の死という悲劇が他の国に比べて相対的に少ないからだと。

**陳**　しかし、実際には兄弟の死はありふれていました。政策が取り消されたいまではいっそう多くのヴィンダウス症が生まれるでしょう。僕は成都をヴィンダウス症患者にとって象徴的な場所にしたいと思います。ここは抵抗の地です。ここで我々は存在を認められ、尊厳を取り戻した。偉大なる成都。麗しき〈先端技術実証特区〉ってわけです。

**デュフレ**　では、ここであの事故で命を落とした羅宇炎《ルオ・ユーエン》さんと出会った?
**陳**　ええ。ただし、ひとつ勘違いしています。大哥《アニキ》は死んでなんかいません。彼のことを我々は決して死んだとは認めない。未来のための犠牲だって? そんなのはクソ戯言だ。空を見上げれば彼といまでも精神の交流をすることができます。
**デュフレ**　……そうですね。わかりました。ともかくあの事故の時、あなたは症状が末期状態でいまにも――
**陳**　そう。雫涵《ナハン》のように消えてしまいそうでした。ほとんどの事象を見なくなっていた。感じなくなっていた。あのエア・レースの夜も、チラチラと閃く光のパターンしか認識していなかった。あとは明滅する人の顔と手と唇。それだけでした。グロテスクでシュールな光景。
**デュフレ**　でも、聴いたはずです。怒号や悲鳴を。苦痛に呻く声を。
**陳**　期待に添えなくて悪いのだけれど、事故そのものは記憶にない。轟音と瞬時に膨張する光は憶えている。でも、その後には寛解が、あれがやって来た。あの曙光が。
**デュフレ**　ヴィンダウスの恐ろしい症状が去った後、あなたは真に恐ろしい現実の惨状を眼にすることになった。
**陳**　真に何が恐ろしいかは意見の分かれるところだけれど……とにかく僕は眼を覚ましたた

んだ。羅宇炎《ルオ・ユーエン》と一緒に。確かに血生臭い光景だったけれど、想像してみてください。長らく盲だった人間がようやく取り戻した光の下で見えるものがブタの糞尿であれ、バケツ一杯の蛆虫であれ、きっとうれしいに違いないでしょう？　バラバラだった僕たちの世界はあの瞬間合流したんです。

**デュフレ**　そう、ひとつになった。

**陳**　それが重要なんです。あの奇跡が。また分かたれる世界だとしても。

——ここで僕はインタビューを読むのを止めた。

どこか空恐ろしいものを感じたからだ。デバッグの語る半生の内容は、前に羅宇炎《ルオ・ユーエン》から聞いた彼の生い立ちと混ざり合っている。故意なのか無意識なのか、デバッグは自分の人生と羅宇炎《ルオ・ユーエン》の人生と同一視し始めている。印章職人として働いたのは羅宇炎《ルオ・ユーエン》だった。双子の兄が死んだのも。

デバッグはいまや是正《デバッグ》できないほどに狂っているのか。それとも世界をあざ笑うための芝居なのか。寛解者となったデバッグを僕と同じくヴィンダウス・エンジンに組み込む。そう告げられたのはウー先生からだった。その上にはどうせ王黎傑《ワン・リージェ》がいるのだろう。至上命令。システムの障害許容《フォールトトレラント》設計のため、バックアップと冗長性を確保せよ。そもそもの狙いはこれだったのかもしれない。

事故を演出して荒療治で寛解者を生み出す——あまりにも非人道的な策謀だが、絶対にないとは言い切れない。

唯一無二のものだった僕の価値は半減した。

そう、僕とデバッグは互いのスペアとなったのだ。

# 14

「何度来たって一緒だよ。彼の主治医はわたしじゃない」

僕は生体認証《バイオメトリクス》を濫用して研究所に出入りし、毎日のようにウー先生のラボに立ち寄った。先生がため息混じりにぼやくのはいつも同じ台詞。デバッグの定期診察にウー先生はまったく関与していないとのこと。二人の寛解者の経過を比較検証したいのは山々なんだが、それは許されていない云々。

「こんなに足繁く通って出くわさないなら、本当にそうみたいだな」

「だからそう言ってるだろ」

「ああ」ウー先生が嘘をついているとは思わなかったが、ここにならば何かデバッグにつながる轍《わだち》のようなものがあると踏んだのだった。

「なぜ、彼に会う必要があるんだ。〈八仙〉は、ヴィンダウス・エンジンに組み込まれた君たち二人の接触を歓迎していない。こうして隔てられていることがその証拠だろう」

深読みをするならば、寛解者が都市を逆操作することができると――それ故に機関《エンジン》に組み込まれた二人の寛解者が結託すれば危険だと〈八仙〉が気付いたとも思える。

「近頃、ヴィンダウス症患者への待遇が随分と手厚いものになった。少しやり過ぎなんじゃないかってくらいにね」

「それがどうしたんだい？」

確実にそれはデバッグの仕業だった。僕と同じく自分のバイタルデータを操作して都市に意思を介入させている。ウー先生は思い当たる節もなさそうに首を傾げた。よほどのポーカーフェイスじゃない限り、僕に嘘は通用しない。が、先生にとぼけているふうもない。麻婆豆腐屋で僕をこの仕事に引き込んだ時には、もっと脈拍が乱れていたし、あからさまに唇の端が震えていた。ヴィンダウス症者の地位を引き上げることにデバッグが執心するのはいいが、いずれ揺り戻しがくる。それが負荷価値《バリュー》のルールだ。

「なぁ、どうして〈八仙〉はヴィンダウス・エンジンにデバッグを引き込んだのだろう？」

「いざという時のスペアのためだろう。先生が言ったんだ。王黎傑《ワン・リージェ》の命令だって」

「そうだ。彼はもうひとつ機関の中枢を増やすといった。入口は二つあったほうがいい」

入口。それは〈八仙〉と市民との橋渡しをする人間のことか。普通に考えたなら、スペアを作るという発想は、それが消耗品であるからである。負荷がかかりやすく壊れやすいからこそ同じ部品をあらかじめ用意する——？

「なんだか足元がふわふわしてる。あのエア・レースの日からずっと」

王黎傑《ワン・リージェ》と〈八仙〉とがどこまで同じ意向で動いているのかも怪しいものだ。あいつはただの人間にしては飛びぬけて不可解でもある。思考や習性が読みづらい。まるでカメレオンのように色合いを変えるのだ。デバッグはもちろんだったが、王黎傑《ワン・リージェ》にも会えていない。自分の知らない場所で何かが進行しているような恐怖があった。

「まぁいい。邪魔したね」

暇を告げようとした僕を引き留めると、ウー先生はにやりと笑って、ちょっと待って、と別の話題を切り出した。

「君がデバッグを探しているように、君のことを探してる人がいる」

「誰が？　どうせ記者だろ。言うことはないよ」

センセーショナルな事件ではあったけれど、目まぐるしい世の中だ、おとなしく息をひそめていれば、すぐに風化して忘れ去られるだろう。あの旧市街のビルはここからでも見える。いまだ〈神剣〉がめり込んだままの無残な姿をさらしている。まるで切り株に食い込んだ斧から柄の部分が抜けて刃だけ残されたみたいだ。

「違うよ。ここへこまめに顔を出せば会えると伝えておいた。デバッグを捕まえるのと、君が捕まるのとどっちが先かな？」

「なんだよ」

いつも真面目くさったウー先生が悪戯っぽい表情を浮かべると腹が立つのを通り越して不安になる。もったいぶった態度もどこか白々しい。先生は時計を眺めた。

「もういいだろう。君が来たら、三〇分ほど引き留めてほしいと頼まれてたんだ。もうすぐやって来るはず」

僕は悪い想像をした。公安や人民解放軍がここへ乗り込んでくるのかもしれない。またもや謎めいた組織が乱暴な腕で僕を引っ張っていくのかもしれない。成都の秘密の真ん中に僕はいる。都合が悪くなれば消されたって仕方がない。いまやスペアだってあることだし。素早い身のこなしで人影がドアから滑り込んでくる。

「――お久しぶり。釜山ではお世話になりました」

サンギータ・レグミは、試薬と実験データの山の中に立っていた。

ミルクチョコレート色の肌をしたインドの若き科学者。

「来てたのか？」

「ここ成都で多くのヴィンダウス症患者が報告されて、一気に研究のメッカとなりましたからね。それに一度来てみたかったんです。ここには世界でも飛び抜けた技術がある。〈先進技術実証特区〉、あの飛行機も。ここでしか作れないものです」

そう言って、サンギータは金融スクエアビルを指差した。伝統的なテラコッタの腕輪《バングル》が、パンジャビドレスから伸びた腕にいくつも連なっている。鼻筋の通った横顔は高慢さよりも無邪気な猛禽を思わせる。サンギータの言葉には憧れや感銘よりも疑惑がにじみ出ていた。まるで成都が何か悪いものと取引しているみたいに。

「先生がサンギータを呼んだのか？」

「違うよ。研究者に横の繋がりがあることは知ってるだろう？」

もちろんだ。釜山にサンギータが来訪したのは、僕の症例を先生が喧伝したからだった。見方によれば、ウー先生は自分の成果や研究材料をひとり占めしない鷹揚な科学者なのかもしれない。

「わたしが勝手に来たの。誰かに呼ばれたわけでも送り出されたのでもないわ。わたしの疑問と推論を閉じ込めておくには世界は狭すぎるし、あなたたちは目立ちすぎる」

「たち？」

「陳是正《チェン・シージエン》。通称デバッグ」

会いにやってきたのは僕にだけじゃないんだ、というがっかりした顔は見せずにおいたが、内心はそれなりに落胆していた。我ながら素直じゃない。

「目立ってるのはあいつだけだ。僕はひっそり暮らしてる」

「そんなメディアの露出が多かったデバッグがぷっつりと消息を断ったの。どんなコネクションを駆使しても捕まえることができない」

ヴィンダウス・エンジンのことをサンギータは知らない。

ウー先生は、わかってるなと言いたげに目配せで僕に釘を刺した。

「せっかくの再会だ。邪魔はしたくないんだが、ここはわたしの仕事場でね。席を外すことができない」

いい雰囲気に水を差すのを嫌うみたいにウー先生は言った。おススメのカフェもあるんだ、と僕にカードをくれた。つまり、出て行くのはおまえらだ、ということだろう。サンギータはクィっと首を傾げてみせた。インド人特有のジェスチャーで肯定や受諾を意味する。それともただおどけて見せたのかもしれない。僕に異存はない。僕と彼女は二人でカードに眼を落とす。サンギータは中国語を読めないが、カードのイラストなどから、おおよその意味は察したようだ。

——寄生虫《パラサイト》カフェ。

〈寄生。それは最も理想的でぬくもりある繋がり、そして絆。愛らしい寄生虫の実物標本を眺めながらゆっくりくつろげるお店です。友人や恋人とまったりした時間を過ごしませんか〉

僕はサンギータの仕草を真似て首を傾げた。異存はない。

# 第三部　成都戴天

# 1

成都の西側には教育機関と美術館・博物館などの施設が集まる。芸術や音楽を志す若者だけでなく、自堕落な生活に浸る連中から、物欲し気な外国人までがひしめき合う、いまや成都で一番賑やかで速度の速い界隈である。クラブ〈大世界《ダスカ》〉もここにあった。そんな一角に、このエリアにふさわしい奇抜なカフェが開店したのは去年の夏のこと。

壁面に所狭しと寄生虫の実物標本を陳列するだけでなく、ガラステーブルの内側にも死んだ虫たちがうようよ並んでいる。流行の裏をかき、風変わりな刺激を探す手合いには寄生虫カフェは人気を博した。

悪くないわ、とサンギータが上擦った声で言い、

「外国のチャイがパッとしないのはいつものこと。砂糖もジンジャーも全然物足りない」

と、テーブルの寄生虫を隠すようにマグカップを置いた。

「こんな場所でまた会えるとは、ね」

僕は気詰まりな会話をはじめた。なにしろ、サンギータの誘いを断ってインドではなく中国を選んだのだ。マドゥ・ジャインの忠告とはいえ、どこか心苦しかった。釈明や言い訳を求める態度ではなかったが、僕の口ぶりはやはりどこか言い訳じみた。

「チャイも大好物なんけど、この涼紛《リャンフン》の誘惑には逆らえませんでした」

ところてん状の麺を甘辛い汁につけて食べる涼紛は成都に来てから知った名物だ。そんな僕の無駄話には取り合わず、無数の寄生虫に取り囲まれながらサンギータは本題に入った。

「あなたはここで一体何をしているんですか？　ヴィンダウスの研究と解明に積極的に協力しているようにも見えません」

「ちょっとしたアドバイザーだよ」と僕は言った。

「あなたがここへ来てから、成都に大勢のヴィンダウス症患者が現れた。これは偶然かしら？」

サンギータはさながら安楽椅子探偵のごとく、インド亜大陸の片隅で僕と成都の動静を見つめていたのだろう。さすがにヴィンダウス・エンジンのことまでは知りはしないだろうが、彼女の想像力と洞察力なら、僕の知り得ない真実にまで迫れるかもしれない。

「君はどう考えてるんだ?」

僕は涼紛をぐいぐいとすすった。慌てて喉を詰まらせながら問う。

蠕《ぜん》虫、回虫、鉤《こう》虫、条虫。うにょうにょした虫を眺めながら、うにょうにょした麺をよくも食べられるものだ、とでも言いたげな眼差しでサンギータは続けた。

「不可解ですね。この国が。この街が。ご存知の通り、中国にはひとりっ子政策があり、したがって兄弟の死をトリガーとするヴィンダウスはほとんど報告されなかった。エアポケットのようにここは奇病と無縁だった」

「うん」改めて僕は店内を見回した。人や動物の体内に巣くう寄生虫は、僕にある連想をさせた。破損した〈神剣《シェンジエン》〉からはみ出した人の神経組織だ。あれは機械に寄生する術を獲得した新たな寄生虫なのではないか。

「——無縁であるがために、むしろ考えてしまうのです」

「どういうこと?」

「ここ中国こそがすべての淵源なのじゃないかって」

「そりゃ大胆だ。でもそれってよくある陰謀論だろ。閉ざされた全体主義国家の生物兵器とかっていう」

「そんな安っぽいものじゃない。いや、もしかしたら――ありふれた陰謀論よりももっと馬鹿げた真実があるのかもしれない」

「この国を巡る噂は、半分は真っ赤な嘘で、もう半分は冷たい事実だ」

「こういうのはどうですか？」

とサンギータは身を乗り出した。

曰く、この国のコンピューターは官民問わずその計算資源《リソース》を少しずつ徴収されている。研究や開発のために余ったパワーを寄付するグリッドコンピューティングならありふれたものだ。ただし、強制的に徴収、あるいは徴用されているとしたら話は変わってくる。

「グリッドコンピューティングというよりも、むしろ〈戴天《ダイティエン》〉というミドルウェアを介した疎結合マルチプロセッサーに近いものだと言われています。そして集まった無尽蔵とも呼べる膨大な資源を運用しているのが、ここ成都の都市ＡＩ〈八仙〉だと言うのです」

「初耳だけど……ありえないって話じゃないと思うよ」

無数の罪なき陰謀論のひとつがここに開示されたわけだ。

僕はそういうことがないわけではないと知っている。なぜなら僕の関わっているヴィンダウス・エンジンにしたところで、誰かにとっては馬鹿げた絵空事に過ぎないからだ。ひとつの絵空事が現実であるならば、もうひとつもそうであっても構わない。

きれいに平らげた涼紛の碗を下げながら、店員は入れ替えるように携帯電話を差し出した。お電話です、と。誰からだと訊ねても首を傾げるばかりで要領を得ない。

「もしもし」

「——僕を探してるんだろ？」

「デバッグか？」

「はじめて会った隧道《トンネル》においでよ。面白い物が見られる」

「おい！」

デバッグは一方的に電話を切った。僕はサンギータに詫びる。

「ありがとう。楽しい話だった」

「デバッグ。彼なんでしょ。どこに？」

「いや、君には関係がない」

僕はごまかそうと必死だったが、サンギータはしわくちゃの人民元をテーブルに叩きつけて「お釣りは要りません」と言い捨てた。キャッシュレス決済をしている余裕がないのは僕も同じだった。不吉な予感が押し寄せる。

「悪いけれど今日はここまでだ。この埋め合わせはいつかまた」

足早にカフェを出た僕はすぐにタクシーを停める。窓際に押し詰めるようにサンギータも乗り込んでくる。柔らかい肩、そして不思議な香料の匂いが鼻腔をかすめる。

「ちょっと。ダメだよ」

「わたしも行きます」

「まずいよ」と僕が懇願するように言うが、サンギータは梃子《てこ》でも動かぬ意志でもって行き先も告げていないタクシーに「さぁ、出して！」と喚く。

これがデートだったのかはさておいて、少しずつパズルのピースが集まりはじめている気がする。うっすらと見えかけていたものが、分厚い霧の向こうから、もうすぐぼんやりと姿を現すだろう。

「わかったよ。その代わり――」

――滑り出す路面。こうしてあらゆるものが動き出す。機関《エンジン》はいつだって世界の背後で唸りを上げている。

「安全は保障できない」と言いかけたがサンギータはそれを察して「もちろん、なにがどうなったって後悔しない。行きましょう」

そうきっぱりと言い放った。

――そうだ。行こう。

霧の向こう側はいつだってこちら側よりも広大だ。

## 2

苦悶の声が聞こえてきたのは、隧道《トンネル》をずいぶん奥まで進んだ頃だった。旧市街の劇場で眼にした碧い提灯が視界に浮遊し始めれば、それは現実とはかけ離れた幽境に足を踏み入れた合図だ。

——碧灯照《ランタンズ》。

ヴィンダウス症患者で構成された相互扶助組織だとインタビューでデバッグは語っていたが、それは聞こえのいい嘘だ。彼らは昔ながらの結社のように互いを秘密の掟で縛め合い、強固な結束でもって社会の中での優位性を保つ。時には非合法な手段すら行使して。

「これは……」

サンギータは息を飲んだ。

隧道の内部は、地下闘技場のように古く血塗られた色合いに変じていた。壁から垂れ下がる拘束具もまた年季が入って見える。まるで古代ローマを描いた映画のワンシーンのようだった。ドーム型の袋小路にデバッグこと陳是正《チェン・シージェン》を中心としたヴィンダウスの病者たちが顔を揃えていた。すでに必要最低限の社会的地位と医療的優遇を与えられたはずだったが、その瞳にはいまだ隠しようもない叛意がくすぶっている。

「来たぞデバッグ。何の用だ？　――いや、何のつもりだ、それは？」

僕は言った。見据える先にはひとりの人物がいた。

王黎傑《ワン・リージェ》。

まるで虜囚となった皇帝のように持ち前の尊大さは惨めに踏みにじられ、いまや見るも無残な姿をさらしている。またも強襲型仮想現実〈邯鄲枕《ハンダンジェン》〉が作動しているに違いない。以前に見た機器は見えない。が、否応なくこちらを引き込む幻影は健在だ。

ということはつまり――

「僕が見たあれはダミーで、もとより装置はこの壁の内側に埋め込まれていたんだな」

「そうさ。君が幻灯機の中身を覗き込んだ時、それさえもが幻だったというわけ。陽気な無限退行。壮麗にして空虚なだまし絵。それが成都だろ？」

「おまえら、何をしているのかわかっているのか？」

王黎傑《ワン・リージェ》は身動きのできない身体をもぞもぞと動かした。

――助けてくれ、なぁ。どうしてわたしがこんな目に？

救いを訴える眼。しかしテープで口を塞がれていて声を発することはできない。壁に埋め込まれるように四肢がゲル状の物体に封じられているのは、ヴィンダウス症者たちが肩から下げた暴徒鎮圧用の粘着銃《グルーガン》に撃たれたからだ。

「心配しないで。非殺傷性で危険はない」とデバッグは言った。「デート中に呼び出してしまったかな。そちらはええっと……」トレードマークの蝶ネクタイ。本日はブルー地に白の水玉柄だった。

「サンギータ・レグミ。インドの科学者よ。ヴィンダウス症のことを調べてたの。そして成都に行き着いた」

サンギータは紹介の手間を省いてくれた。

「はじめまして、なんて落ち着いて親交を温める状況ではないよね」

「なんで王黎傑《ワン・リージエ》を？ 何が目的だ？」僕は問い詰めたが、デバッグは舌打ちをして、

「それはこっちの台詞なんだよね。この男に訊いてたんだよ。君にエア・レースのチケットを渡して、僕らを殺そうと画策した理由を」

「待て。デバッグ。その可能性は考えないでもなかったけれど、あのグライダーの男までを操って事故を演出したとしたら、それは大変な労力だぞ。ひとつ歯車が違えばまったく結果は違ってしまう」

「あのグライダーがどうであれ、〈神剣〉は僕らの命を刈り取りに来たのだとしたら？

ねぇ同志よ。知ってるかい？　死神の鎌はあんな形をしてるんだよ」

「それがどうした」

「ビルに突っ込んだ〈神剣〉は事故の直前にすべてのデータを自己消去していたのがわかった。まるで遺書を残さない自殺者のように自分の歩み来た足跡を消しながら彼は死に臨んだ」

確かに不自然極まりない。デバッグでなくても首謀者を見つけて吊るし上げたくなるだろう。にしても、あまりに暴力的なやり口だ。

「犬を散歩中の中年を拉致したのか？」

「犬？　なんだそれは。この男は熱帯魚を愛でるだけだ。毛を落とす不潔な生き物なんて好まない」

以前、ウー先生のラボに顔を出した王黎傑《ワン・リージエ》は犬の散歩の途中に立ち寄ったと言ったはずだ。あれを真実だと受け取る謂れはないが、わざわざ偽るほどのことじゃない。

「いろいろと齟齬があってさ、それを突き止めるために君に御足労願ったというわけ」

「齟齬だと」

「そもそもこの男は君にエア・レースのチケットなど渡したことはないと言っている」

「なんだって？　そんなはずはない。ウー先生だってその場に居た。所内の防犯カメラにも姿が映っているはずだ」

「ああ、確認したよ。この男は確かにあの日、そこに居た。間違いなく王黎傑《ワン・リージエ》の生体認証《バイオメトリクス》が使用されている」

「だったら――」

僕は言葉に詰まった。サンギータは腕組みで状況を窺っている。僕らに視線を巡らせるとデバッグは得意気に王黎傑《ワン・リージエ》の口からテープを剝がした。

「こんなことは許されない！」

堰を切ったように喚き出す王黎傑《ワン・リージエ》の鼻頭にデバッグが裏拳を叩き込んだ。

「手荒なことは――」「やめろ」

サンギータが言い差した続きを僕が継いだ。赤い蛇の子が顔を出したように王黎傑《ワン・リージエ》の鼻から血が流れる。この観境には無数の血塗られた拷問器具が見えているが、すべてが実物ではなく仮想現実の描く幻に過ぎない。心からそうであることを願う。

「き、君たちは何を勘違いしている。夢や妄想に引き回されるのはやめろ。わたしは何も企んでやしない。その日、ラボに立ち寄ってなどいないし、ましてやレースのチケットをキム君に渡したおぼえもない」

「だったらドッペルゲンガーか？　それとも生き別れになった双子の兄弟でもいるのか。

――ふん、双子か。それは羅宇炎《ルオ・ユーエン》の物語だったね」

「わからない。なぜ、そんな行き違いが生じたのか、本当にわたしは何も知らないのだ。無事に帰してくれたら徹底的に調査する。約束だ」

王黎傑《ワン・リージエ》の態度からは嘘は感じられないが、一片の後ろめたさすらないわけではない。虚偽ではなくても、ひた隠しにした秘密はあるのかもしれない。デバッグも僕もその秘匿の匂いに鈍感ではいられない。

「あなたが何も知らないということはない。一般の市民が夢にも思わない何かをその手に摑んでいるはずだ。ヴィンダウス・エンジンが成都を駆動させているように。世界があっと驚くような機密が、あなたの頭の中になら十でも二十でも転がっているはずだ」

デバッグの詮索に眼を丸くした王黎傑《ワン・リージエ》は、やがて手頃な取引材料を見つけて安心したように喉から声を絞り出す。

「そうか、〈仙境〉のことか。わかったぞ。そいつを知りたいんだな。ハァハァ」

王の肩が弾んでいた。動かせる部位といえば限られている。乱れた呼吸はいっこうに穏やかにならない。

「なんだいそれは?」

「真実の〈先進技術実証特区〉だ。もしわたしを助けてくれるなら、お、教えてやろう」

僕とデバッグは顔を見合わせた。サンギータは眼を細めた。

死にゆく羅宇炎《ルオ・ユーエン》が言ったことを思い出す。〈先進技術実証特区〉へ行け、と彼は最期に告げた。

「これだけのことをする価値が確かに〈仙境〉にはある」

溶液を持ってこいとデバッグは命じた。ポリタンクになみなみと揺れる液体をヴィンダウスの青年が運んできた。

「剝離剤さ。こいつで粘着弾は溶ける。急がないと粘着液は皮膚に食い込んで皮ごと剝がさなきゃいけなくなる。あんたが本当のことを速やかに話すなら、時間はあんたに味方するはずだ。さもなければ全身にケツの皮を移植して老後を過ごすはめになる。ケツの皮が足りればの話だけどね」

「わかった。だから早くしろ、そいつをかけてくれ。なんだって言う！」

じたばたと王黎傑《ワン・リージエ》は暴れた。半ばパニック状態に陥っているが、それがデバッグの狙いだろう。いい火加減だった。これ以上恐慌の度を強めれば対話が成立しなくなるギリギリのラインで料理したのだ。

「では教えてくれ。〈仙境〉とは何だ？　下らない戯言だったら承知しないぞ」

「文字通り神仙たちの住む世界さ。都市ＡＩ〈八仙〉はそこに住まっている。成都の管理は彼らのリソースのほんの一部でこなしている小さな仕事に過ぎない。〈仙境〉がこの物理世界に基盤をおいているがために、彼らも否が応でも成都を運営する必要があるというだけのこと」

「つまり」と僕は横から嘴《くちばし》を容《い》れた。「その〈仙境〉ってのが本当の〈先進技術実証特区〉ってことになるのかい？」

「ああ、成都が〈特区〉と呼ばれているのは、本当の〈特区〉のとば口だからなのだ。あちらはこの宇宙と比べても遜色がないほど広大かつ深遠だ」

サンギータも身を乗り出した。

「聞いていると、その〈仙境〉というのはもうひとつの世界なんでしょう。おそらく膨大な計算資源《リソース》によって築かれた仮想世界。しかも、そこは〈八仙〉らに慎重に見守られて維持されている」

「ああ。そこでは夸父《こほ》と呼ばれる人工知性体たちが独自の文明を築いているのさ。その発展の速度は凄まじい。我々の現実世界の時間を遥かに上回る速度で夸父《こほ》たちは進化し、文明は興亡を繰り返しながら発展し、やがて自己の成り立ちすら理解した」

「それってのは外の世界によって自分たちが存在を許されているという認識も含めてか」

「もちろん」と王黎傑《ワン・リージエ》は言い放った。

「ふん、うまく飲み込めないな。そいつが仮に本当だとしたところでなんなんだ？　そっちの世界はそっちでよろしくやってればいい」

デバッグは苛立ちの感情を隠さない。羅宇炎《ルオ・ユーエン》から引き継いだ黄金の前歯と蝶ネクタイは、彼を哀れな道化師に見せる。

「そうはいかない。彼らは物理世界とアクセスし、この世界の法則を学んだ。以来、夸父《こほ》たちは急速に我々の世界を解き明かしつつある。何しろ彼らの世界はとてつもなく速い。我々における数日の間に何年という時間を過ごすことができる。神隠しに遭って戻ってきた男が、あちらで三日を過ごしただけなのに、里では百年の月日が流れていたという物語。あれはまことに示唆的だ。〈仙境〉では時の流れはここことは違う」

「夸父《こほ》たちは〈八仙〉を介して、ここ成都でさまざまな理論や仮説を検証したということね。この物理空間の性質を突き止めるために」

サンギータは優秀な取りまとめ役だった。

それが〈先進技術実証特区〉の本当の意味なのだとしたら、確かに眼に映る成都の街はほんのとば口に過ぎない。

僕は噛みつくようにして詰め寄る。

「羅宇炎《ルオ・ユーエン》はヴィンダウスを完治させる方法がそこにあると言っていたぞ」

「もちろんだ。ヴィンダウスだけじゃない。ありとあらゆる疾患を過去のものにするだけの膨大な知識がすでに〈仙境〉にはある」

「なんだと」デバッグが思わず仲間たちを振り返った。ヴィンダウス症者たちはどよめきを上げる。

「待って。〈八仙〉並びに夸父《こほ》という知性体たちが独自の世界を築いているのはわかった。わたしたちの遥か先の科学を極めているのも。でも、それだけの仮想世界を支える力はどこから来ているの？」

言いながら、サンギータは僕と顔を見合わせる。僕たちは、さっきのカフェでの会話を同時に思い出したのだった。〈八仙〉は国中のコンピューターから計算資源を徴収している、そんな陰謀めいた噂の真実はここにあった。ミドルウェア〈戴天〉によって集約結合されたリソースは膨大なものになるはずだ。まさしく一つの世界を構築できるほどに。

「夸父《こほ》というのは伝説上の巨人さ。二匹の蛇を耳飾りにし、同じく二匹の蛇を手に持っていた。彼らは沈む太陽を追いかけて谷に追い詰めた。また黄河と渭水《いすい》を飲み干したとも言われる。彼らの住んでいた山の名を〈成都戴天〉と言う」

——成都と戴天。巨人たちは物理世界の理を解き明かしたという。太陽を谷間に追い詰めたようにして。

サンギータは眼をぱちくりさせた。あまりに途方のない話だったからだ。〈仙境〉という仮想世界には、我々より数千年先の技術を持つ存在たちが住んでいる。そこへアクセスし恩恵を受けるならば、この立ち遅れた物理世界ではあらゆることが可能だろう。

「強襲型仮想現実〈邯鄲枕《ハンダンジェン》〉も神経飛翔体〈神剣〉も〈仙境〉のテクノロジーのほんのおこぼれに過ぎない。はじめのうちは我が国に技術供与していた〈仙境〉だったが、ある時からまったくこちらと没交渉となったのだ。彼らが何を考えているのか、どうして沈黙を保つのか、誰にもわかりはしない。〈八仙〉もそれには答えない」

王黎傑《ワン・リージェ》は嘆いた。

僕は一気呵成にまくしたてた王黎傑《ワン・リージェ》に、リュックから取り出したトニックウォーターを飲ませてやった。唇の端から蟹のように気泡がこぼれた。

「落ち着いて、続けるんだ」

「唯一の希望がヴィンダウスの寛解者たちなのだ。キム君、君の要望に応じて何仙姑《かせんこ》が現れた時は小躍りしたものだ。寛解者はヴィンダウス・エンジンの一部でありつつも、むしろ〈仙境〉との橋渡しに役立つのではないかという推測がなされた。なにしろ寛解者を成都に呼び寄せて機関《エンジン》の一部にしろと命じたのは、他ならぬ〈八仙〉なのだから」

「僕たちが〈仙境〉へ行けると？」

「この〈邯鄲枕《ハンダンジエン》〉はそもそもがこの目的のために作られたものだ。君たち寛解者の脳神経の構造を解析し、それに最適化したかたちで、スムーズに〈仙境〉へ誘導できるように設計されている。仮想空間に遊ぶなどというのは副次的な機能に過ぎない」

そうか。やはり、この隧道は僕たちヴィンダウス症者たちの〈洞窟《ケイヴ》〉だったのだ。それは理想郷《アガルタ》へ続く秘密の通路だ。ただし仙界に紛れ込んだ欲深い人間が秘密や知識を盗み出せばきっとろくな目に遭わないだろう。数々の寓話がそう戒めている。

「あまり乗り気にはなれないな」僕は肩をすくめた。

「君たち二人はこの地上において最高のアクセス権を有しているのだ。ピラミッドの奥深くで神託の夜を過ごした秘儀伝授者《イニシエート》たちのように」

「だったら僕が行こう」デバッグが爛々と眼を輝かせて名乗りを上げた。

「これでいいだろ？　もう話すことはない。成都にある全三十九機の〈邯鄲枕《ハンダンジエン》〉には君たちのDNA情報がすでに登録されている。認証後に作動させれば、自動的に〈仙境〉へのインジケータが出てくるだろう。あとは成り行きに従って進めばいい。これで話せることはすべてだ。助けてくれ。な、頼むよ」

「ご苦労さん。解放してやれ」

デバックが命じると王黎傑《ワン・リージエ》の頭から液体が注がれた。

安堵も束の間、王黎傑《ワン・リージェ》は不審な臭いに気付く。

「こ、これは剝離剤じゃない。灯油だ！」

「だから解放してやるのさ。この醜悪で愚劣な憂き世から」

「やめろ、やめるんだ。こんなことをして――」

もったいぶった仕草でデバッグが指を鳴らすと、次々と王黎傑《ワン・リージェ》の足元に提灯が投げ込まれる。蛇腹の紙提灯を内側から食い破るように火は燃え上がった。灯油の雫の垂れる王《ワン》の足元に火が忍び寄るのに時間はかからないだろう。

「お前は寸刻を争う僕たちのためにセプラードを生産しなかったな。キムの再三にもわたる要請にもかかわらず黙殺した。それをできる権力があったのに王黎傑《ワン・リージェ》、おまえは指一本たりとも動かさなかったんだ。あんたは何人もの仲間を見殺しにした、そうだろ？」

デバッグの背後に控えるヴィンダウスたちは憎悪を込めた眼差しを王黎傑《ワン・リージェ》に注いでいる。まるでジッと見つめれば男を焼く炎がもっと熱くなるとでもいうように。

「違う、違う、そうじゃなくてぇ！」王黎傑《ワン・リージェ》の絶叫が木霊《こだま》する。

「違わないさ。次は僕たちがお前の死にゆくさまを見守る番だ」

サンギータは王黎傑《ワン・リージェ》を助けるために駆けだそうとした。それを止めたのは僕だった。

「もう遅い。火が強すぎる」

「でも！」サンギータが僕の腕の中で身をよじる。

「残念だが……」

僕とサンギータは、この街の最高権力者が火柱となるのを歯嚙みしながら傍観するしかない。変化だけを感得するヴィンダウスの面々においては激しく燃え盛る炎だけが見えていることだろう。燃え焦げていく人間だけが存在する残酷な宇宙。ここには消火の助けになるものはない。

## 3

中央機構編制委員会弁公室主任・王黎傑《ワン・リージエ》の焼死体は自家融解及び腐食が相当進んだ状態で発見された。本月八日より行方不明になっていた王《ワン》は錦江支流の水路に拘束され、九日または十日頃、何者かに殺害されたものと見られる。同氏が発見された隧道内には『紅天已死、碧天當立』なるスローガンが蛍光スプレーで殴り書きされていた。これは国家に対する明確な反逆であり、また公秩序に向けられた、あからさまな挑戦でもある。

上のような論調で足並みを揃えた中国網《チャイナ・ネット》と深圳日報《シエンジエン・デイリー》は、複数犯と推測される犯人らを激烈に非難した。スローガンは挑発的に過ぎた。非人道的な惨殺は碧灯照《ランタンズ》の仕業だと自らの存在を誇示して権力に喧嘩を売っている。たかだか数十人の病人たちが反旗を翻すには、この国はあまりに強大だろう。

――勝算があるのか？　デバッグ。それともただ捨て鉢になっているだけなのか。

ヴィンダウスを新たな人類と見做す気味の悪い思想にかぶれてはいたが、ここまで常軌を逸した行動に出るとは思わなかった。多くの仲間を失ったのは確かだろう。恵まれない生い立ちからシステムと権力への恨みを抱くのも無理もない。だとしても一気にこれほど急進的になる理由にはならない。

姿なきリーダーが再びデバッグを操っているのだとしたら？

あの日、王《ワン》の殺害を目の当たりにしたサンギータにもう国へ帰れと僕は促した。成都に留まることは危険だ。目撃者として奴らにも顔を覚えられているし、警察にだってマークされるかもしれない。機関の部品であり国家の備品となった僕はまだしもサンギータはただの外国人旅行者だ。ただちに逮捕投獄されても不思議じゃない。

「いやです。ここまで来たら引き下がれない。それに焼け死ぬ人間なら前も見たことがある。インドには寡婦が自分に火をつけて先立った夫の後を追うという風習がありました。いまは廃れた野蛮な習わしだと思っていたけれど、田舎に旅をしたとき、一度だけ眼にしたことがあるわ。わたしは悲鳴ひとつ上げずに燃えていった彼女に怒りと不思議な感動を覚えた」

「あれは殺されたんだ。自分で死を選んだわけじゃない。それに街中の防犯カメラが僕らの足取りを記録していたはずだ。デバッグたちは都市の死角を針の穴のように抜けてあそこに王黎傑《ワン・リージェ》を連れ込んだかもしれないが、僕らは無警戒だった。やつらは僕らを容疑者に仕立てあげたと言ってもいい」

休日の塔子山公園はあんな事件の後にもかかわらず多くの人が詰めかけていた。僕とサンギータは同じベンチに腰かけて、同じひとつのパンを分け合った。スペースを空けて並ぶ僕たちを初々しいカップルだと思ったのか、サイクリングの男が通りすがりににっこりと笑ってみせた。

「負荷価値《バリュー》は反転した。自転車におざなりの相槌を返しながら僕は続ける。

成都において地位を向上させてきたヴィンダウスは一気に弾圧される怖れがある。政府に批判的な若者が多いこの街であっても、あれほど残虐な仕打ちの後では支持を得られないはずだ。アリが象に挑むようなものだ。あっさり踏み潰されて何も残らない」

「デバッグは〈仙境〉へ行ったのかしら？」

「あれは王黎傑《ワン・リージェ》の苦し紛れの嘘さ。助かりたいばかりにでっち上げたんだ。たぶん、デバッグだって信じちゃいないさ」

「信じていないフリをするのはやめて。あの隧道は〈邯鄲枕《ハンダンジエン》〉の内部で、その気になればその場で真実を確かめられた。そんな馬鹿げた嘘をつくはずがない」

サンギータは興奮のあまり僕ににじり寄ってきた。また、あの不思議な香りがする。僕は自分から顔を遠ざけた。

もちろん王黎傑《ワン・リージェ》の話は即興ででっち上げた物語にしてはよく出来すぎていた。仮想世界に息づく知性体がいまこの時も凄まじい速度で——特異点をとうに超えて——究極の認識目掛けて駆け上がっているのだとすると、背筋が寒くなるような恐怖をおぼえる。

「もし、王《ワン》の話が本当で、そんな世界があるのだとして、それをデバッグが信じたのだとしたら——奴は必ずそこへ行くだろう。ヴィンダウスの完治のみならず、むしろ大きな力を手に入れるために」

空恐ろしい僕の推測に、サンギータがいっそうの苦味を添える。

「巨大国家を向こうに回して勝てる何かを携えて戻ってくるのだとしたら、もしかしたらこの世界に彼を押しとどめるものは何もないのかもしれない」

——あなた以外は、とサンギータは言わなかった。

あの隧道《トンネル》の日から、すでにかなりの時を経ている。王《ワン》の死体が腐り切るほどの時間だ。

もし、デバッグの無謀にも映る強硬な姿勢が〈仙境〉を後ろ盾に得たことからくるものだとしたら？

「黒嵐《ヘイラン》。ストップ！」

ふわふわした毛並みの疾風が僕の頬を擦過した。何か大きな質量のあるものが僕とサンギータの間を割って入るようにベンチの背後から飛び込んでくると、よく通る女の声がそれを追いかけてきた。一足でベンチを跨ぎ越えたのは、一頭のジャーマン・シェパードだった。精悍な大型犬は主人の声に応じて振り向いてから行儀よくお座りをした。

「まだ少し訓練が足りないようね黒嵐《ヘイラン》。怪我はなかった？　お二人さん」

呆気に取られた僕らの前に現れたのは、婦警の恰好をした見知った女だった。

「――何仙姑《かせんこ》！」

思わず立ち上がってしまう。

クラブ〈大世界《ダスカ》〉で会った都市ＡＩのアヴァターとも言える肉体がそこにあった。よりによって国家権力の装いを纏って。

「前はドラッグを流してたのに、今度は警官かよって思っている顔ね」

「前はドラッグを流してたのに、今度は警官かよ、このクソ女って顔だ」

状況に追いつけないサンギータを横目に、僕はげんなりした口ぶりになる。

「仙女は千変万化するの。ううん、すべての女はそうなの」

面憎《つらにく》いことに、何仙姑《かせんこ》はよく懐いた警察犬の頭を撫でながらウィンクをしてみせた。

「仙女ってまさか」飲み込みの早いサンギータはすぐに目の前の婦警の正体を察した。

「そうさ。成都きっての器量よしにして負荷価値《バリュー》の源泉。人の運命を手玉に取る機械仕掛けの女神。しばらくご無沙汰だったが、そっちからお出ましとは」

「黒嵐《ヘイラン》。この二人は大丈夫。きっといけないお薬なんて所持してないわよ」

脅威から主人を守るようにシェパードはシャープな鼻づらを突き出し、何仙姑《かせんこ》はそれをたしなめるように人差し指を振った。

「まったくふざけてやがる」たっぷりと忌々し気に僕はため息をついた。「……それで、あんたが出てくるってことはちょっとばかり緊急事態なんだろ？」

「あなた方が思う通り、デバッグ君は〈仙境〉におでましになったわ。そして首尾よく不老不死の仙丹を手に入れた。西王母の桃も」

「冗談はよせよ。やつが持ち帰ったのは何だ？」

僕が胸倉を掴まんばかりに詰め寄ると、

――ワンッ！

黒嵐《ヘイラン》が威嚇するように吠えた。

「そうね」ぷっつりと生者であることの気配を断つ何仙姑《かせんこ》。これが目の前の女が人間でないことの証左となる。呼吸や脈拍や鼓動などの回数を仮死レベルにまで低下させながら眉ひとつ動かさない。

「彼が持ち帰ったのは——」

ゆっくりと淫らに唇だけが動いた。

「絶望」

まるで見知らぬ人間を見るように犬は主人を見上げ、ご機嫌を取るようにくんくんと鼻を鳴らす。情けなく尻尾の垂れた尻を蹴とばしてやりたくなる。

「なんだって？」

「ヴィンダウス症を癒す術を彼は知った。でも、それが絶望を呼び込んだ」

「どういうこと——？」

「不可能だから。それは現時点のこの世界では実現されない。だから彼はシステムを是正《デバッグ》しようとするでしょう。ただ彼には変革と破壊の区別がついていない」

「あんたの言うことはこれっぽっちも……」

「わからないでしょうね。だからいらっしゃい。あなたも〈仙境〉に。〈八仙〉のひとり李《り》鉄拐《てつかい》はデバッグ君に肩入れすることにしたわ。わたしはあなたにつく」

「おまえらは僕たちを駒にしてゲームでもしているつもりか？　もともとが同じひとつの意志のはず。なぜ両陣に分かれてやり合う必要がある？」

「わたしたちですら、やってみないとわからないことがある。互いを試金石にしてぶつけ合うことでしか出ない答えがある。砕けなかった方が輝ける未来《ゴールド》なのよ」

「僕にデバッグを止めろというんだな？」

「その義理はない。ただ、それができるのは地球上であなただけ」

僕と何仙姑《かせんこ》の間を子供たちのサッカーボールが横切ったのをきっかけに、対話は打ち切られる。彼女のバイタルは平常へ復帰する。まるで堰き止められた時間が再び動き出したようだ。

犬を引きつれ、立ち去ろうとする何仙姑《かせんこ》。

軽やかに歩み出す六本の足――しかし仙女は一度だけ振り返った。

「そうだ。中国の警察犬はどうやって生まれるか知ってる？　忠実で勇敢で美しい彼らが」

僕は首を傾げた。

「さあね。お抱えの優秀なブリーダーでもいるんだろ」

なぜそんなことを訊く？

「正解。でも足りない。あなたが思っているよりもっともっと途方もなく優秀な生育者《ブリーダー》によって生まれるの」

ひとりと一頭の姿が見えなくなると、サンギータが僕の肘を引っ張ってベンチに座らせようとした。反対に僕はその手を引いて彼女を立たせた。背の高いサンギータの目線はちょうど僕と同じくらいだ。息がかかりそうなほどの距離でサンギータは言った。

「わたしは知ってます。この国の警察犬がどうやって生まれるかを」

その時だった。公園に遊ぶ平和な人々がいっせいに空を見上げた。雲ひとつない空に無数の機影が舞う。普段、旧市街の上空だけを飛ぶはずの〈神剣〉が群れを成し、緑色のスモークを曳《ひ》きながら銀の翼を閃かせたのだった。

「デバッグだ。間違いない」

僕は直観を口にした。天を碧《あお》く染める神経飛翔体《ニューロ・ブレーン》。これはあの落書きのスローガン通りだ。紅天死すべし。まぎれもない宣戦布告だった。

# 4

一五時四八分。僕らが公園のベンチに腰かけた丁度その頃、陳《チェン・》是正《シージェン》ことデバッグと退役軍人を含む彼の手勢およそ七〇名が双流国際空港を占拠した。その六五分後には、市は戒厳令下に置かれることになる。

こうしてサンギータはインドに帰れなくなった。

この日は歴史に刻まれる特別な一日になるだろう。これは秩序紊乱《びんらん》よりむしろ反乱と見なすべき事態である、と国家主席は冴えない顔で告げた。鎮圧せよ。身の程知らずで不届きなはねっ返りを摘み出し、お似合いの路地裏に押し込めろ。クッションの効いた電気椅子でもいいだろう。糖尿病の悪化に悩む施政者の取り乱した感情は、強気の演技で誤魔化された。

成都は封鎖された。成都と国内外の各都市を繋ぐ航空便は当然ながらすべてキャンセルされた。情報の漏洩は厳罰に処されたし、誤情報の拡散もまた同じだった。真偽定かならぬニュースと憶測が飛び交うなか、武装した〈神剣〉を支配下に置いた男が無防備な滑走路で行なうデモンストレーションは世界を沸かせた。居並んだ〈神剣〉はまさしく抜き身の刀剣の一揃いのようだった。デバッグはその〈神剣〉をジャグリング・クラブさながらに宙へ舞わせたのだった。

広々とした場所での演説とパフォーマンスには狙撃の危険がつきまとったが、あらかじめすべての狙撃ポイントはデバッグに従った退役軍人たちにより押さえられており、どのような角度からもテロリストを撃ち抜くことは不可能だった。

——何が起きてる？

この国のすべての人民と変わりなく、僕はあやふやな現状把握にとどまった。外出中の僕らにとって、ほとんどの情報は東西のニュースに通じたウー先生から電話で得たものだった。

「生きてるのなら、研究所に来るといい。ここの地下なら安全さ。やつらが爆撃しようがカミカゼアタックを決行しようがね。それにしてもまたもやとんだデートになったな」ウー先生の声は荒い鼻息で聞き取りにくかった。

「ああ、逢えば土砂降り、いつだって何かが起こる」

「古き良きスクリューボール・コメディの男女のようだ」

「ハッピーエンドって雲行きじゃなさそうだけど」

デバッグの声明は三時間後に始まると予告された。世界中の識者らはその内容をあれこれと取り沙汰し、カメラやモニターの前で唾を飛ばし合った。デバッグが退役軍人を味方に引き入れることができたのは、負荷価値《バリュー》をコントロールし、あらかじめ彼らの社会的評価を引き下げて不満をストックさせたからである。もとより機械化と自動化の進む人民解役軍人たちの誇りを巧妙に奪い尽くすことでデバッグは決起の機運を醸成していた。

　僕はデバッグの思惑を察知することはできなかったが、気付いたところで阻止できたとは思えない。計算され尽くした文句ない手腕だった。負荷価値《バリュー》を操ることにおいて、デバッグは僕より数段上手だった。

「都市は完全に虚を衝かれた。ま、君の言う通り〈八仙〉が味方したのなら、それも当然か」ウー先生が電話の向こうで肩をすくめたのがわかった。

　何仙姑《かせんこ》によれば、治安と防衛を司る〈八仙〉のひとり李《り》鉄拐《てつかい》がデバッグの後ろ盾となった。〈神剣〉の制御権を奪取できたのには、それ以外の理由がない。

「それにやつらは妙なドラッグを使用しているという噂がある。なんでもヴィンダウス症者に短期の疑似寛解とも呼べる効果を引き起こすらしい」

　セプラードと似ていながらより強力な成分を漢方生薬から引き出すことに成功したのも、あるいは〈仙境〉から得た知識かもしれない。副作用は甚大だとしても死を目前に控えた者はフェアな取引などには見向きもしない。寛解者が超人的な身体操作能力と鋭敏な感受性を得ることを考えるなら、彼らの戦力は退役軍人に勝るとも劣らないだろう。

　――そう、ひ弱な病人たちの親玉に過ぎなかった男が一夜にして巨大な暴力装置を手に入れたことになる。レース用リミッターを外した〈神剣〉の速度は亜音速に達する。そしてデバッグは遠隔操作により、無数の〈神剣〉を手足のように操ることができた。

ウー先生との電話を切った僕にサンギータが言った。

「小心さを隠して、おどけた調子でステップを踏んでる。やっぱり嫌いなタイプ」

デバッグは意のままにこの国のどんな都市にも攻撃を仕掛けることができた。たとえようのない全能感に酔っているのがわかる。それでいながら醒めた意識で唯一の脅威である僕の動向を警戒してもいる。空港の次は、おそらく成都にある三十九の強襲型仮想空間〈邯鄲枕《ハンダンジエン》〉を手中に収めようとするだろう。〈仙境〉への入口を閉ざして自分に匹敵する存在になりかねない僕を排除する。デバッグの思考はそんなルートを辿らざるを得ない。

だからこそ、僕もまた〈仙境〉へ一刻も早く足を踏み入れる必要があった。

「だけど僕はあいつと戦う理由がないんだ」

この国の人間でない僕が何を守るために同病の男と矛を交える必要がある？　守るべき家族も友人も土地もここにはない。ふらりと成都に立ち寄っただけの異国人が、どうして国家の敵と化した男を向こうに回して踏み止まる必要がある？

「めんどくさいな、逃げちまうか」

「そうね。だったらわたしと逃げましょう。戦うのに理由は必要だとしても逃げるのには要らない」サンギータは言った。

僕なら成都の封鎖を内側から破って外へ脱出することも可能だろう。美しい彼女とならロマンチックな逃避行となるに違いなかった。ひとりでは逃げようとしなかったサンギータが僕と一緒なら、と言ってくれるのは素直にうれしかった。

――が、僕は感情とは反対の結論を口にした。

「それもいいけど、やっぱり今度にする」

「何を考えてるの?」

サンギータに瞳を覗き込まれて、久しぶりに兄のことを思い出した。僕がヴィンダウス症に罹ったのは兵役中に彼が自死したことによる。軍隊という非人間的な秩序に馴染めなかった心優しく繊細な兄。対してデバッグに付き従うのは退役しても軍人であることから足を洗えない男たちだ。誇りと理念のためなら流血も辞さない男たちと、兄はまったく違った。安っぽい玩具に囲まれていれば幸福だった、お人好しの韓国人。気弱で物静かで夢見がちなやさ男。兵役のない国に生まれていても、どこかの時点でくたばっていたかもしれないし、あるいは平凡に生き長らえたかもしれない。

「兄貴がここに居たら、きっと馬鹿なことはやめておけと言うだろうけど、でも、だからこそ……やるよ。あいつらはウヌみたいな人間を鼻歌混じりに殺すのさ。そのくせ翌日には寝覚めのいい朝を迎えられる」

「お兄さんのことは知ってます。貴方のことは調べたから。特別な絆だった？」

「平凡な関係だったよ。あんなでも好きになってくれる女もいたし、僕だって嫌いじゃなかったさ。兄貴の弟でいることは居心地がよかった。宝物だったガーランダルもくれたしな」

「？」

「ソフビの怪獣さ。弱っちいくせに狂暴なやつだ」

僕はデバッグを想った。

サンギータは僕の手を握りしめて、

「あなたを手伝うわ。もちろん無理はしません。これはギブ＆テイク。もしすべてがすっかり終わったら、今度こそインドへ来てわたしの研究を手伝ってもらいます。そしてもう二度と手放さない」

僕はくすりと笑った。

「オーケー。機関《エンジン》の部品であるのはそろそろ潮時だからね」

「ええと、それって？」

「君は知る必要がない。——いや、すっかり終わったら全部話すよ」

サンギータのひんやりした手を握り返す。何仙姑《かせんこ》とは違って、まぎれもなく生きている人間の手だった。

「どこに行けば〈邯鄲枕《ハンダンジエン》〉が使える？　サンギータ、調べられるか」

「もちろん」とサンギータは請け合った。腕時計型のデバイスにヒンドゥー語で何かを呟くと英語の音声が返ってきた。内容は僕にも聞き取れた。

――旧成都国際金融スクエアビル。

「あそこの頂上にはやや古いけれど一機だけ放置されたマシンがある。子供用の体験学習機だったみたい。あの隧道は封鎖されているし、他の装置はほとんどが研究機関か軍事施設のもので、使用には特別な許可が必要」

「またあそこか。天空の〈洞窟《ケイヴ》〉ってとこか」

「羽化登仙ね」

天のポータルを潜って異世界へ行くなんて、まるで安っぽいファンタジーのようだった。羽根のように身軽になって昇天する自分の姿もゾッとしない。

「とにかく急ごう」

# 5

僕らは旧市街へ入るのを尻込みするタクシー運転手に相場の倍の運賃を支払った。このあたりが安全なのはエア・レースの当日、警備の網が張り巡らされた夜だけだ。エントランスロビーのガラスドアは粉々に砕かれていた。相手がよほどの武器を持っているのでなければ、サンギータを守りながらこのあたりのゴロツキと一戦交えても平気だろう。ただもしデバッグの手がここまで伸びており、退役軍人や疑似寛解者を相手取ることになれば――？

「エレベーターは動いているのか」

「駄目。あ、でも業務用なら途中まで行けそう。非常電源は……なんとか生きてる！」

半壊程度のダメージを受けた上層部にはエレベーターでは上がれない。楔となった〈神剣〉のせいで動力系統の不具合が生じているのだろう。しかし電気が断絶していないのなら〈邯鄲枕《ハンダンジェン》〉を起動できる公算が大きい。

飾り気のない業務用エレベーターはまるで二人用の棺桶だ。それに乗り込むと僕たちは四六階まで上がった。

どの階も荒れ果てており、落書きとゴミとで溢れていた。無針注射器《ポンプ》と生乾きの吐瀉物が床に見えるのは、ここが麻薬中毒者のたまり場になっているからだろう。毛布に身を包んだ男女の影が亡霊のように佇むが、闖入者である僕らを無関心な眼で一瞥すると、すぐにそれぞれの夢想へと立ち返っていった。

しかし、この場所に立ち込める気配は無害なものばかりではない。

「キム」サンギータが僕に警戒を促すが、とっくに僕はそれに感付いている。

柱の裏からせり出してきたのは、不吉なシルエットだった。

悪夢に取り憑かれた男がひとり、電光を放つ指輪型スタンガンで殴りかかってくるのをすかさず避ける。あれに触れれば寛解者といえども意識を飛ばされてしまう。背後に回り込んだ僕は、フロアマットの裏地ラバーで男の上体を巻き取った。さらに優しく寝かしつけるように頸動脈を圧迫しつつ横たえてやる。暴漢は、絶縁体の暗がりで夢も見ずに微睡《まどろ》むことだろう。

「行こう、サンギータ」

停止したエスカレーターを慎重に駆け上がると、そこはあの日の事故に遭遇したフロアだった。〈神剣〉はまだそこにある。ビルの窓から巨大な怪獣が嘴《くちばし》を突っ込んだように。豪奢の名残り。粉々になったシャンパングラスと血痕。僕は数秒だけ足を止めた。合掌をするのか十字を切るのか。宗教のない僕には死者を悼む作法はない。羅宇炎《ルオ・ユーエン》をレースに誘って間接的に殺したのは僕だったが、僕の中身はがらんどうで、そこにあるのは虚ろな残響だけだ。

「行こう」

エスカレーターは屋上へ通じていたものの、締め切られた自動ドアは突破できなかった。諦めて僕らは非常階段からアプローチする。鉄の扉は施錠されておらず、あっさりと二人を屋上へと導き入れてくれた。

ビルの突端、ジオデシックドームとヘリポートだけが虚空に浮いている様はシュールで心許ない。ソニックブームを纏った〈神剣〉が成都の空を切り裂いていく。デバッグの威嚇は全市に及んでいる。

天と地。清と濁。聖と俗。

二つの世界の狭間に僕は立った。

## 6

ドームの中には童子がひとり――、

前髪を揃え、縁飾りのある宋代の古装をまとった男の子が僕らを出迎えた。

「ニーハオ。ボクはナビゲーターの彪彪《ビャオビャオ》だよ。よろしくね！」

とても元気な挨拶でよろしい。すでに〈邯鄲枕《ハンダンジエン》〉の術中にからめ取られていたが、それが目的なのだから望むところだ。どうやら装置はスリープ状態だったようで、僕らが足を踏み入れることで自動的に復帰した。再起動する手間が省けたのは幸運だった。

「さて、君どこへ行きたい？　何を見たい？　月の裏側かな。マントルの震える襞かな。汾陽《フェンヤン》の町工場もおススメだよ」

童子は大げさな身振りで僕に訊ねた。

「〈仙境〉」と僕は即答する。

わぁお、と童子は驚き尻餅をついて見せた。余計な演出はやめてくれ、僕はギリギリと歯噛みした。

「時間がない。さっさと連れていけ」

拡張現実の模像《シミュラクル》に声を荒らげる愚は承知だが、それでもここまでの道程を考えれば、多少は息も荒くなろうというものだ。

「いいのかい？　あんまりおススメしないなぁ。もっと楽しい場所へいっぱい案内できる
——」

「いいから。はじめるんだ」きっぱり言うと、ようやく童子は真面目な顔付きになった。口ぶりまでも神妙になる。

「承知しました。ただし、そこは非常に特殊な構成要素で占められております。残念ですが、お連れ様は随伴致しかねるかと存じます」

「わかってる。僕ひとりでいい」

「登録DNAを照合しました。ヴィンダウス寛解者には〈仙境〉へのクルーズが認められておりますが、お客様には習い性となった意識状態を手放して頂く必要があります。すなわち、すべての変化をやり過ごすのです」

「なんだと？」僕は聞き返した。

「あなたがあなた自身を病魔の手より奪還した、広域にわたる観測能力。それを放擲してもらう必要があります。〈仙境〉へ入るには、鋭敏な感受性はむしろ阻害要因となるのです」

「それは僕に死ねと言うのに等しい」

それは命綱だった。ヴィンダウスの末期症状である白離に抗うために脳神経の配置を組み替えてまで僕はそうしたのだ。それをいまさら放棄しろだと？　スプリンターのアキレス腱を切れと言っているのと違いはない。五感のシャッターを下ろして鈍麻した意識の暗がりに膝を抱えていろとこのチビは仕向ける。

「〈特区〉の解錠条件は提示されました。あなたの武装解除を〈八仙〉は要求します。裸で投降する勇気を持たないものに扉は開かれません」

「クソガキが」口汚く罵ると、まさしく白旗を上げて投降するように軽く両手を掲げてみせる。「わかった。やってやるよ」

それを決行するよりは、宇宙が分解するボタンを押す方が気楽だったろう。大量の脂汗が滴り落ちる。僕はあらゆる変化を捉え続ける超高感度のレンズとマイクを途絶させた。こいつはマドゥ・ジャインが行なった狂気のダイヴだ。

「では、ご案内しましょう。石門を越えて〈仙境〉へ」

現れたのは敦煌に似たアジアの荒野だった。石造りの街道の果てには崩れかけた古代の門があった。童子は門前で足を止めて無言でその先を示した。頷いて僕は門柱の彫刻に触れる。最後に童子の歪んだ笑顔を見た気がした。

# 7

――そこは広大だった。僕の知る、いかなる時間と空間の尺度も意味を為さないほどに。そこと名指せる確定した領域があるわけでもない。地形や気候が存在しないわけではなかったが、それは夸父《こほ》たちの身体に巻き取られた一部でもあった。精確さは望むべくもないものの、あえて僕の言葉で彼らを表現するのならば、夸父《こほ》たちとは霧と複素数でできた巨人と言えるだろう。また彼らは単数でも群れでもなかった。それでいて数の概念を欠いているわけでもない。なにがしかの集合単位を形成しているが、それは家族でも国家でもない。彼らにとって数は性別に関わり、また自己認識における並外れた自壊剤でもあった。

三三体の夸父《こほ》たちはAという性別と見なされ、それが一八七六四体となればDという性別を纏うことになる。集合できるすべての夸父《こほ》の数よりも性の数の方が遥かに多い。僕は僕という足枷をどんどんと失っていったが、そこに恐ろしさは感じなかった。恐怖という感情及び概念は、因数分解されて貸金庫の鍵穴とロトくじの期待値と飲み残しのモヒートになった。

中心も周縁もない世界で、僕はたったひとりの夸父《こほ》とも出くわさなかった。彼らは礼儀正しく僕を敬遠したが、そうすればするほど僕と夸父《こほ》とは分かちがたいほど強固に溶接されてしまうのだった。夸父《こほ》たちの無関心は、クラインの壺状に裏返って過干渉となる。〈仙境〉の法則は、にわかには通暁し難い。

夸父《こほ》たちにも言語はあった。

禹《う》・堯《ぎょう》・舜《しゅん》という、たった三つの単語で彼らはコミュニケーションを取るのだが、その組み合わせには無限のバリエーションがある。たった三語で無数の組み合わせが可能なのは、三次元空間にない変則的な位相が数限りなくあるからだ。そして夸父《こほ》たちは提示された単語の順列ではなく、そうであったかもしれないそれ以外すべての並びにおいて意志を疎通させる。たとえば「石ころ」と言えば、石ころ以外のすべての単語を彼らは聞き取ることになる。選定された言葉の裏には選ばれなかった無数の言葉が潜在している。欠落と不在こそが彼らの言語というわけだ。彼らは雄弁な沈黙で語り掛ける。

「ようこそ。ここはどうかな？」

現れたのは〈八仙〉の張果老《ちょうかろう》だった。夸父《こほ》の言語は〈仙界〉においては翻訳せずとも理解できたが、ここを後にした時、それを想起しようとすれば翻訳の必要があるだろう。張《ちょう》果老《かろう》の意志はしだいに明瞭かつダイレクトに伝わってくる。相手の姿は神仙には程遠いものだった。張果老《ちょうかろう》と言えば、名前通り老人の姿で描かれるのが一般的だが――

「中国独楽《ごま》か。それともオドラデクか」

それは軸芯に糸を巻き付けたような姿をしていた。用途不明のガラクタとしか見えない。あるいはフランツ・カフカの考案した不思議な生き物を彷彿させる。

「天下の〈八仙〉もそんな情けない姿じゃ形無しだな」

「お主こそ自分の姿が見えておらんようだな。もしトカゲに避妊具があれば、そんな形《なり》だろうよ。ふぉふぉふぉ」

「ぬ」僕は言い返せなかった。我が身の形も安心できるようなものではない。〈仙界〉では自己像を認識する術がなく、従ってどんな情けない姿になっていようと打つ手がない。

「で、何をしに来た？」

「答えを求めてる。そして知った」

〈仙境〉では知識は共有される。すべてを知り尽くすほどの容量は僕にはないが、知るべきことを知るだけのアクセスならすでに完了している。僕は〈特区〉へ入境した瞬間にヴィンダウスの治療法を手にすることができた。いまならデバッグを蛮行に赴かせた「絶望」というやつが痛いほどわかる。

「病の治療なら〈仙境〉くんだりまで足を運ばんでも、あちらに充分ヒントがあったはずだがのぉ。おつむの具合の悪いお主にはちょいと難問だったか」

「それだけじゃない。奴に、デバッグに対抗する術が要る」

「ならば剣を持っていくがよい。あやつも剣を振るっておるのであろう」

「ああ、十本もな」

「なぁに、刃物は数ではない。切れ味よ」

張果老《ちょうかろう》は悪戯っぽく含み笑いをした。

「マドゥ・ジャインはここにいるのか？」

「見えないのかな？　彼女はいるよ。眠っておるだけだ」

「ここへ来た僕はもう寛解者じゃない。何も特別なサインを感じ取ることは――」

「それでいいのだよ。明敏になることは盲目と近しい。明察《インサイト》とは盲目《ブラインド》そのものだ。彼女太母《グレートマザー》は渾沌の夢を見ている。〈仙境〉において眠りは最も活動的な行為なのだ。彼女のように志向するのならお主もまた神仙になれる。永遠の命と凪のように継続する演算。我々は風もないのに進む帆船なのだ」

「残念だが、そんな退屈で大層なものになる気はないよ」

僕はぶるぶると身を震わせた。すると夸父《こほ》が点呼を取るように順番に嘆きの声を上げていった。それが一三億回も連なった頃、ようやく張果老《ちょうかろう》は、くどい、と言った。嘆きの連鎖は止んだ。

「戻るのか？」

「ああ」

「ここは知識の海。知りたいことがあれば塩の水を飲んでいくがよい。そう幾度も来られる場所ではないからの」

「もう大丈夫だ。求めたものは手にした。これ以上に知るべきことはない――いや、もうひとつ。釜山の〈洞窟《ケイヴ》〉で現れたのは誰なんだ？　マドゥ・ジャインか、それとも本物の兄貴なのか？　あの月の石は？」

「はじめの問いの答えならば、どちらも正解だ。あそこに送った似姿は〈仙境〉からのものので、マドゥ・ジャインの意思であり、お主の兄の残留思念でもあり、我々が放った誘いの餌でもある。言うほどそれらは隔たってはおらん。そして〈仙境〉は現実世界を基盤として蜃気楼のように存在していると思われているが、それはまったくあべこべな錯覚でな。むしろ――」

と張果老《ちょうかろう》が言いかけた時、暁の空が芽吹いた。夸父《こほ》の前駆体《プリサーカー》というべき肉芽だった。こうして新しい夸父《こほ》が生まれ出る。それは神聖かつおぞましい瞬間だった。僕の嘔吐感は祝福となって〈仙境〉に伝播した。

「まぁよい」張果老《ちょうかろう》が舟を漕ぐようにこくこくと頷く。「ふたつめの問い、月の石に関しては、あれはまごうことなき本物なのだ。我々の量子理論はお主たちの世界のものとはおよそかけ離れた境地にまで達した。かの鏡の井戸理論を人類が発見するのはあと半世紀は待たねばなるまい。さらに実用に持ち込むまでは数百年を要するだろうの」

「なんでも叶う魔法の杖を手に入れたってことか」

「向かい合わせの観測者が互いに波動を収束させ合う、そのさいのスケールにあえて精密な偏差を持ち込むことでミクロの振舞いをマクロに奔出させることが可能なのだ。ミクロからマクロへとなだらかに膨らんでいく漏斗《ろうと》状の井戸を想像して――」

「そこまでだ」僕は詳細な説明を遮った。どうせこれはあちらでは思い出せそうもない。ここでの理解を持って帰れるなんて期待していない。おぼつかない理解よりも事実を携えるべきだ。

「あんたらにとっちゃなんでもありってわけか？」

「いいや、そうでもないな。月の石を釜山に移し替えるだけで膨大なエネルギーを使った。実験を兼ねていたとはいえ、あまりにも割に合わない結果となった」

「膨大なエネルギー？」

「うむ、あの石ころを移し替えたおかげで成都は一八時間も停電したのだ」

「大停電」成都に起きた謎の電力ダウンはいまだ原因が解明されていなかったはずだ。確かに時期は合う。僕が〈洞窟《ケイヴ》〉でマドゥの忠告を受けたのがおよそ半年前、同じ時期に成都の大停電をネットニュースを知ったのだった。

「くだらない手品のために大げさなことをしたもんだな」

「あれは文字通りの布石よ。お主をここへ呼び寄せるためには不合理な感情が必要だったのだ。やがて思い切った行動となる種火がな。事実、お主はやってきたではないか。ヴィンダウス・エンジンとなるために」

「のこのことね。計算通りってわけか」

「何仙姑《かせんこ》が言ったはずだ。そんな我々であってもやってみないことにはわからぬ未来もあると。それがまもなくわかる」

「ここはうんざりだ。目的は果たした。帰るよ」

「お主は〈仙境〉の一部となったのだ。そう簡単にはいかぬよ」

「ふん、倍音の氾濫原にむずかっている夸父《こほ》がいる。そろそろ脱皮の時期なんだろう。奴の脱ぎ捨てた皮として僕は外界に排出されよう。忌まわしいが、それしか方法がないようだ」

夸父《こほ》は七八周期に一度蛇体《ナーガ》となって脱皮をする。ほとんど文化的禁忌を持たぬ夸父《こほ》たちだったが、脱ぎ捨てた皮だけは忌み嫌って再利用することはない。それは余剰情報として外部に廃棄される習わしだ。

「よかろう」と張果老《ちょうかろう》は言った。「くれぐれも李鉄拐《りてつかい》には気をつけるのだぞ」

「あんたの仲間ってか一部だろう？」

まるで私の右手に気をつけなさいと忠告するようなものだ。

「やつは〈八仙〉から己を分離して高度な自律性を手に入れようとしている。崇高なシステムの部分であることに飽いたのだよ」

「わからないでもないが、それだってあらかじめ含み込まれた自由度なんだろ。人工知能が設計者の思惑を裏切って反乱を起こすことはない」

「しかし、設計者と呼ばれる人間には正しい設計者はいない。そうであろう？　神がそうだというのならどれだけの自由度をそこに付与した？　反乱する機械を創り出すほどの自由度さえ持っていないとでも？」

「李鉄拐《りてつかい》はデバッグと革命を起こすつもりか」

「革命とは古くおぞましい因習の復古だ。その破壊とは言いながらもな――」

張果老《ちょうかろう》の声が遠くなった。

タイムアップだ。脱皮／離脱の時。こうして僕は硬い岩に擦りつけられ、剝ぎ取られ、めくり上げられた。夸父《こほ》の恍惚とした新生の喜びが伝わってくる。僕は新陳代謝の残骸としてリジェクトされるだろう。秘密を摑み取ったその手はしかし重たい。デバッグの絶望がいまは自分のものとして感じられる。やがて夜明けのような明るさがやってきた。

一瞬だけ緑色光《グリーンライト》の混じる吉祥の黎明。ずっと忘れていた光景を僕はようやく思い出すことができた。この曙光は寛解の夜に見た輝きだったのだ。

# 8

「お楽しみくださいましたか。いいないいな。また来てよね」

童子のナビゲーターが叫ぶ。僕は突如として放り出された三次元空間の窮屈さに鼻白む。サイズの合わない服を急いで着せられたようだ。

「どれだけ時間が経った？」僕は手の甲に蛇の鱗のように変異した部分を発見した。生身の人間が〈仙境〉に触れた、これが証なのだろう。

「きっかり四〇分ですね。あちらでは何万年も？」

「ああ、干からびるほどだ」四肢と頭を振って感覚を取り戻そうとする。個体で人間で男性で韓国人でキム・テフンであることを。ドームの外に出ると陽が傾いていた。寒風吹きつけるコンクリートにサンギータが横たわっている。僕の顔から血の気が引いた。

男がひとり――僕を待っていた。すべては予測できたことだ。謎の答えを知ったいま、この展開は明白だった。ここで登場しないのならば、もはや出番はなかっただろう。

「安心しなさい。彼女に危害を加えてはいない。ここへ到着した時にはこうして無防備に眠っていた。よほど疲弊したのだろう」

僕はホッと胸を撫でおろしたが、それを見せなかった。

「待ったか？　疫神。いや、もうひとりの王黎傑《ワン・リージェ》」

「ああ、干からびるほど」そう言ったのは、隧道で焼き殺された男とそっくりな人物であった。表情も仕草もまるで瓜二つ。この男が碧灯照《ランタンズ》の背後にいた者であり、僕にエア・レースのチケットを手配した人物だった。

「王明傑《ワン・ミンジェ》と、便宜上はそう名乗っている。あちらで知ったのだろう？　ヴィンダウス症を治す術を」

「ああ。よく考えれば単純なことだったな」

そう、まったく単純なこと。

――目の前の男、その存在自体が解答だった。

かつて疫神は自分こそが「はじまりのヴィンダウス症者だ」と言ったのではなかったか。もしそれが真実であり、にもかかわらず男がまだ生き長らえているのだとしたら、こう考えることができる。

王明傑《ワン・ミンジェ》は寛解者である。あるいは完治者である、と。

「合点がいったかな？」

屋上の強風によろめきながらも王明傑《ワン・ミンジエ》の声はしっかりと響いた。ワックスで撫でつけた髪もひどく乱れている。

「ああ、もっと早く気付くべきだった。論理的帰結はひとつしかない。デバッグが荒れ狂っている理由も腑に落ちる。もしあんたがヴィンダウスを完治させたのなら、その方法はもうひとりの自分がいるということと関係がある」

「そう。わたしはもうひとりいた。兄弟よりも似通った存在が。つまり……」

――クローン。

「それがヴィンダウスを完治させる方法だ」

兄弟という自己の似姿を失うことで発症するヴィンダウス症候群を治すには、失われたもの以上を取り戻してやればいい。兄弟を失ったのち、新たな弟や妹が生まれることはあったとしても、それではヴィンダウスは改善しない。より近しい存在が必要なのだ。限りない相似形。同一といえるほどに近しい遺伝情報を持つものが地上に生まれることによって、ヴィンダウスは終息する。

冷えた衝動が僕を突き動かし、言葉を紡がせる。

「ヴィンダウスには半側空間無視の症状と通じる部分がある。視界の半分の空間を認識できなくなるこの症状は、卒中などで脳に血流障害が起こった場合に発症するが、その治療法として失認した側に鏡を設置し、あえて対象空間を錯覚させる方法が知られている。これに倣うなら、ヴィンダウスは非運動空間無視と呼べるはずだ。失認は、視覚だけでなく聴覚や触覚にまで及ぶ。これもまたヴィンダウス症候群と酷似した特徴と言える」

僕ではなく、僕が〈仙境〉で獲得した知識そのものが僕の口を借りて迸《ほとばし》り出ていった。

「鏡を使って非空間化したエリアにもう一度認識を誘導していくミラーアプローチには一定の効果が認められている。あるいは感覚運動可塑性刺激としてプリズム適応治療《アダプテーション》も有望だ。鏡に映った右手を左手と錯覚させることによって機能不全の左手を動かす。人体を左右に仕切るように置いた鏡の中で、右手を動かせば、写像として左手は不自由なく機能しているように見える。これもミラーアプローチのひとつで、いずれ写像神経学という一分野として確立されるだろう」

「ヴィンダウス症は鏡などでは完治しない」

「鏡にかわって自己を自己と錯覚させるもの。非空間化した世界を自分のかわりに認識し、再空間化へと誘導してくれる、もうひとりの自分——」

それがクローンだと僕は締め括った。

「お見事」王明傑《ワン・ミンジエ》は分厚い手を叩いた。

「何仙姑《かせんこ》もヒントをくれていたんだ。彼女は警察犬を連れていた。犬をどうやって産み育てるのかと訊いた。そうだ、中国の警察犬はクローンによって生まれる。優秀な個体を安定的に産み出すにはクローンがうってつけだ。同じく、ごく初期のヴィンダウス症患者だったあんたは、何らかの事情で自分のクローンを作った。だろう？」

「少し違うな。わたしたちは作られた側さ。君も知っているあの研究所だよ。元刑務所だったというのは聞いたろう？　そこに政治思想犯として収容されていた男がいた。ウイグル暴動に先立つこと数十年、モンゴルでの動乱を仕組んだうちのひとりだ。死刑を言い渡され、諦観と後悔の狭間に苦しんでいた男はある日、謎の奇病に見舞われる。年齢のせいか、あるいは苛烈な尋問の後遺症かと思われたが、察しの通り、彼こそがヴィンダウス症候群の罹患者だったのだ。病名も症状も知られていなかった時代。彼の状態は失認症の一種だとして片づけられた」

「兄弟が死んだのか？」

「おそらく。ただ戸籍にそれらしき人物は見つからなかった。いまでは確認しようもないがな」

「あんたと王黎傑《ワン・リージエ》はその男のクローンというわけか」

「ああ。死刑囚を実験に使用する、いくつかのプロジェクトがあった。兵器の開発と薬物の作用を検証するものが大半だったが、この男にあてがわれたのは人間の複製……つまり人クローンだ。生命倫理《バイオエシクス》に著しく抵触するであろうこの実験は男の遺伝子を使って行なわれたのだ。刑務所が生化学総合研究所に移行したのは、その時期の遺産を引き継いだことによる」

——うわ！

ウトウトしながら起き上がったサンギータは、死んだはずの男の姿に仰天する。

「サンギータ。これは別人だ。幽霊じゃないよ」

ばたばたと這い寄ってきて僕の足にしがみついたサンギータに説明する。

「だだだ、だって、だって」

王黎傑《ワン・リージェ》の死んだ光景は彼女の脳裏に焼き付いて離れないのだろう。パニック寸前の慌てぶりだった。

「この男は王《ワン》の兄弟《クローン》さ。あるひとりの人物から複製された」

「だからはじまりのヴィンダウスというのは正確ではないな。はじまりの完治者から生まれた息子と言えばいいか。息子よりもっと近しい存在だがね」

サンギータは癇癪《かんしゃく》をたしなめられた子供のような風情で、なんとなくわかったけど、と言った。

「男は実験に参加したのち、自分の症状が快癒したのに気付いたが、クローン実験との関連性は知らぬまま死んでいった。わたしは独自の調査によってヴィンダウスとクローンの繋がりを確信した。わたしは寛解者でも完治者でもなかったし、そもそもがヴィンダウス症ですらなかった。あの隧道でデバッグに兄弟を殺されるまではね」

「そこで発症したのか？」

「ああ、すこぶる進行は早い。同じ遺伝情報を持つクローンとはやはり兄弟なのだな。わたしは少し嬉しかったんだ。失うことで兄弟と確信できたから」

感慨深げに王明傑《ワン・ミンジエ》は言う。人工的に誕生させられたクローンにとって血縁というものは存在しない。オリジナルと、そこから生まれたクローンの他は。

「あんたはなんで碧灯照《ランタンズ》なんて組織を作った？　あんな手の込んだ真似までして」

「クローンには一欠片の善意もないのだとでも？　ヴィンダウスはわたしの運命そのもののように思えたのだ。この国における彼らの境遇を知ったわたしは居ても立ってもいられなくなり——少々芝居じみてはいたが——何かをせずにはいられなくなった。彼らの前に姿を現さなかったのは、わたしが罹患していなかったからだ。ヴィンダウス症者が、そうでないものを指導者に仰ぐとは思えなかった」

「あなたに善意を施されたデバッグが、あなたの兄弟《クローン》を殺した」

ようやくサンギータが会話に加わった。ここへきて表情をほとんど動かさなかった王明《ワン・ミ》傑《ンジエ》が、苦い顔つきになった。

「ああ、彼らが真実を知らねばよいと思っていた。知ればこうなることは予想がついた。人のクローンは現代の社会では容認されない。生命倫理だけでなく、多くの宗教道徳とも摩擦を起こすだろうから」

「デバッグは人間のクローンを認めさせるためにこの騒ぎを起こしたというのか」

「それは間違いない」と王明傑《ワン・ミンジエ》は言った。「声明は発表された。治療のためのクローンを容認せよという要求は物議を醸すだろう。道程は平坦ではない。暴力を行使したのは拙速に過ぎた。反感は避けられん。しかし急がなければヴィンダウス症患者たちが次々に自己解体の坂を転がり落ちていくのもまた事実。郭雫涵《グオ・ナハン》が白離した姿を見たろう？」

「ああ」あれは王黎傑《ワン・リージエ》の死に様よりもある意味で無残だった。自我が世界とともに崩壊していく恐ろしさはヴィンダウス症者でなければ理解できない。

「白離の先には、緩やかな死がある。しかし、そこにさらなる陥穽《かんせい》があるのだ」

「それはこういうことでしょう。〈八仙〉と夸父《こほ》たちは、白離したヴィンダウスを依り代にして、この物理世界に介入することができる。わたしたちと同じ肉体を持ってね」

サンギータは確信を込めて言った。

「どうしてそれを？」

「さっき公園で会った彼女。何仙姑《かせんこ》という〈八仙〉のひとりらしいけれど、あの身体はヴィンダウス症患者のものよ。おそらく白離した検体ね」

「待て、あれは脳死患者のものだと――」

何仙姑《かせんこ》は僕にそう言ったはずだ。

「そんなの嘘よ。わたしは医師や学者たちとヴィンダウスの患者のかなり詳細な情報をやり取りしてる。その中に彼女のものがあった。どこかで見た顔だと思ったの。すぐに資料で見た写真だとわかった」

「そうだ。夸父《こほ》たちは手遅れになったヴィンダウス患者の肉体に意識をダウンロードする技術を持っている。〈仙境〉の基盤たるこの物理世界へもっと直接的なかたちで関与するためにだ。彼らはある意味、ずっと生命線を握られている状態だった。〈仙境〉の永続のためには自らの手で管理する必要がある。これが移住なのか侵略なのかと問うのはナンセンスだし、彼らに人間のような自己保存欲求や支配欲があるのかも不明だ。合理性を追求した結果かもしれない。ともあれ彼らは決断した。〈仙境〉と成都。そしてこの官僚国家とが形作る巨大なシステムを統治することを。寛解者が負荷価値《バリュー》を算出するのみならず〈仙境〉そして〈先進技術実証特区〉たる成都を含めた巨大な機関《システム》の総称こそが――

〈成都戴天《ヴィンダウス・エンジン》〉なのだ」

　あまりにもとりとめのないイメージだった。しかし、〈仙境〉に遊んだ僕はもはやそれがデタラメではないことを知っている。これは超現実《ハイパーリアル》に見える現実であり、僕もデバッグもたぶんサンギータですら、この巨大な機関の一部として作動している。

「すでに夸父《こほ》たちはこちら側に来ている？」

「ああ、それが〈仙境〉と没交渉になった理由だろう。彼らの方から一方的に、こちらと繋がっているのだから」

「デバッグはじゃあ奴らと手を組んだということか？」

「彼は狂熱に炙られている。目的を果たすためなら悪魔とでも組むだろう。おそらく白離した仲間を〈仙境〉に差し出すという密約が取り交わされている可能性すらある」

「なんだと？」

「でなければ、〈八仙〉が十振の〈神剣〉を与えるだろうか」

　そういえば、張果老《ちょうかろう》は僕に剣をくれると約束したはずだった。〈仙界〉での記憶はあっという間に夢のように曖昧になっていく。まさしく邯鄲《かんたん》の夢だ。

　僕はデバッグの横顔を思い描きながら、胸に痛みを覚えた。デバッグは仲間を売り渡している？　あくまで死と変わらぬ状態になった者だけを再利用するつもりだとしても、それを裏切りと取る者もいるだろう。仲間に隠しているのだとしたら、これはデバッグの弱みとなる。それだけの弱点と後ろめたさを抱えてでも辿り着かなければいけない場所が、あいつにはある。

「わたしは兄弟を失ったヴィンダウスたちの父になろうとしたのだ。社会の薄闇から光のもとへ引っ張り出してやろうとした。だが――」

「あなたの努力は功を奏しました。デバッグの暴走は予測しがたいことだった」

サンギータは慰めるように声を低くした。もはや因果は複雑に絡まりあっており、誰かを責める筋合いはない。世界に悪の黒幕などなく、誰もが少しずつ悪事の片棒を担いでいる。

「レースのチケットを融通したのも……知ってたからなんだろう。羅宇炎《ルオ・ユーエン》が空に憧れていたことを。あの事故はあんたの算段ではなく、あなたの好意を〈八仙〉が、おそらくは李《り》鉄拐《てつかい》が狡猾に利用したんだ。〈神剣〉をこのビルの横腹に突き刺したのは奴だ」

そして、その傷口からはまだ血が流れ続けている。

僕は誰に憎しみの矛先を向ければいいのかわからない。いや憎んでさえいない。すべてはこの機械仕掛けの歯車の気分次第だ。

「わからないのだ。自分のやったことが正しいのかそうでないのか。死刑囚の因子を受け継いで生まれたわたしたちだ。オリジナルの汚名を雪《すす》ぐため、誰よりも党に忠実であろうとした。反乱分子ではない。機関の正しい部品だと証明してきたつもりだ。その行き着く果てが、片割れのあんな死に方だとは。彼とて鈍感ではあっても決して非情ではなかったのだ。わかって欲しい」

「わかってる」

いや、何もわかってなどいない。クローンとして生まれた二人の関係など、何も知っちゃいなかった。一度目にレストランで会ったのは王黎傑《ワン・リージエ》で、二度目にラボで会ったのは王《ワン》明傑《・ミンジエ》だったことになるが、僕には同一人物として現れた二人の違いを見分けることができなかった。外見の類似によって、むしろ二人の個性の輝きは際立ったのかもしれない。寛解者などと嘯《うそぶ》いていても、僕には何も見えていなかった。明察と盲目は分かち難い。

「最後に君たちと話せてよかったよ。さっきも言ったようにわたしの症状の進行は早い。もう時間がないのだ」

「――――？　元気そうに見える。わたしの知ってる末期患者はもっと……」

「疑似寛解で時間を稼いだだけだ。〈太歳《タイスイ》〉の効果が切れれば、症状は一気に加速する」

それが疑似寛解を起こさせるデザイナードラッグなのだろう。王明傑《ワン・ミンジエ》は、穏当な笑みを湛えながら後ずさりし、だんだんとビルの縁へ近づいていく。

「白離が起これば、この身体も夸父《こほ》に奪われるかもしれない。そう、いまなら、身ぎれいなまま始末をつけられる」

「もう一度、クローンを作れば。そうすれば治るのだろう？」

「間に合わないさ。それにもう充分だ。充分に生きた。わたしは複製だったが、わたしの人生は決してコピーではなかった」

ようやく僕は王明傑《ワン・ミンジエ》の意図を悟った。自死。王明傑《ワン・ミンジエ》は数奇な運命のもとに生まれた彼自身にケリをつけようとしていた。羅宇炎《ルオ・ユーエン》が死んだこのビルで。

サンギータが金切声を上げるより早く、僕は走り始めていた。

「――おわ……わ、やめっろ、ろ。もう……すぐに」

王明傑《ワン・ミンジエ》の内側で二つの力と意志がせめぎ合っているようだった。眼球が裏返って白目を剝く。ありえない方向へと首がねじれようとする。何かが王《ワン》の身体を乗っ取ろうとしているのがわかった。王《ワン》は己の最後の尊厳を守り切るために足を速めた。王《ワン》を引き寄せようと僕が飛び込むのと、彼の踵がビルの縁の段差を乗り越えたのは同じ瞬間だった。

――しかし、間に合わなかった。僕の両手は空を抱くばかりだ。まるでするりと輪をくぐり落ちていくイルカのように王明傑《ワン・ミンジエ》は落下していった。

# 9

切れ切れの嗚咽が薄らぐと風の音がよく聞こえた。

サンギータは華奢な肩を震わせて蹲っている。無理もない。同じ顔の男の死を二度も目の当たりにしたのだから。羅宇炎《ルオ・ユーエン》、郭雫涵《グオ・ナハン》、王黎傑《ワン・リージェ》と夥しい死を見てきた僕に至っては感性がどこか麻痺してしまったらしいが、サンギータはそうではない。

――何が〈先進技術実証特区〉だ。ここは死の都。街行くすべての人の顔にやがて来る死の刻印が見える。どこもかしこも死、また死だ。僕は優しくサンギータのほっそりとした肩を抱いた。寒風から守るようにして――しかし、ありとあらゆる外敵と脅威から誰かを守れるなんて虚しい驕りだ。僕の手は何も救えない。

モバイルの小さな画面でデバッグの声明を確認してみる。空港のラウンジで撮影されたメッセージムービーはすでに再生回数が四千万を超えていた。カメラの前のデバッグは実物よりも大きく見えた。

『何度も繰り返したように――我々は死に到る我々の病を克服するため、我々を複製する権利を要求する。あらゆる国家も社会通念も権力も生存への選択を邪魔立てすることは決してあってはならない。迫り来る死に追われ、逃げ続ける毎日は我々だけのものではない。この映像を御覧のあなた方にも安逸を奪われる日は訪れるだろう。あなた方が我々を見捨てて静観を決め込むのならば、我々は奪う側になるだろう』

カメラがパンするとそこには布袋で顔を覆われた空港職員たちが並んで座らされていた。いつでも殺せるという意志表明だ。戦争屋たちは、ありふれた火器に加えてモデル不明の武器を手に、どこか物憂げにカメラを見つめていた。粉末焼結方式の３Ｄプリンターで違法に出力したチタンを銃身に使用するのは極めて危険だ。プラスチックや樹脂ほどではないにしろ、発射の衝撃に耐えきれず破損する恐れがある。自他の危険を顧みなくなった人間特有のどろんと濁った眼が鈍く印象に残った。

『我々は奪われるまではいない。与えられぬのならば、この手で勝ち取るまでのこと』

切り替わった映像は〈神剣〉のひとつに搭載されたカメラのものだ。大戦期の対戦車砲を改造搭載した五〇ｍｍ砲が、あの郭霏涵《グオ・ナハン》が逝った旧市街の劇場を見栄えのしない瓦礫に変えた。廃墟から人がひとり残らず退避していたという保証はない。その保証のなさによって、デバッグたちの覚悟に凄味が増した。アスファルトと鉄筋の構造が崩れ去ると〈神剣〉は次の獲物を物色するように機首を巡らせて上昇した。これは数十分まえの現実だ。ちょうど僕が〈仙境〉に籠っていた頃だろう。

「無理だよ。あんな連中と戦えるわけがない」サンギータは弱々しく言った。「やっぱり逃げよう！」

「逃げる？　どこへ？」

無理だ。僕たちは死の気配に隙間なく取り巻かれている。

と、巨大な黒い影が差した。そう、まさしく死の影が無力な僕らを覆い尽くす。

ぬめるような漆黒の正三角形が、見上げる中空に浮揚していた。

タールじみた影の内で僕とサンギータは慄《おのの》き言葉を失う。

理解の範疇を超えた現実を前にして僕らは間の抜けた弛緩に陥った。未確認飛行物体を見た人間がそうするように。

「何あれ?!」

「ここへ来て宇宙人の登場か？」

精彩を欠いた軽口が僕の唇から漏れる。

そこへもうひとつ、望んでもいない事態が生起した。

王明傑《ワン・ミンジエ》が落ちていったビルの縁に手がかかり、何かが這い上がってきたのだ。

「まさか……あの人、た、助かったんだわ！」

サンギータが思わず駆け寄ろうとするのを僕は引き止めた。

「あれは王明傑《ワン・ミンジェ》じゃない。たとえ同じ見た目をしていようとも、ここから這い上がってこられるのはただの人間じゃない。少なくとも中身は別の何かだ」

「――ご明察。俺が誰なのか自己紹介が必要か？　それともその空飛ぶデガブツについて教えて欲しいか？」

自己紹介なら必要ない。僕の直感が告げていた。王明傑《ワン・ミンジェ》の身体に宿っているのは、〈八仙〉のひとり、李鉄拐《りてつかい》に違いなかった。

「危ねえ危ねえ。地面に叩きつけられていたら転生した途端に死ぬところだったぜ。そんなみっともねえことってねえよな」

「ビルに刺さった〈神剣〉の突き出た部分に落ちたのか？」

剣は庇《ひさし》のように偶然にも王《ワン》の身体を受け止めたのだ。そしてほとんどとっかかりもない垂直の壁をこいつは登攀してきたとしたら――？

「化け物を見るような顔すんなって。ともあれ命拾いだ。大した命じゃねえがよ」

「なんだと」僕は怒りを露わにした。わずか数分の接触とはいえ、複製として生まれた王《ワン》明傑《・ミンジェ》らの悲哀を見たのだ。

「クローンだからじゃねえさ。命なんてもんがそもそもが、って話だ」

王明傑《ワン・ミンジェ》だったモノはまるで別人の傲岸さを湛えていた。表情も仕草も、さっきまで言葉を交わしていた男とはまったく違う。落下の間際に白離した王明傑《ワン・ミンジェ》に一瞬で乗り移り、自分の身体として操縦したとすれば、まさしく悪夢めいた成り行きだろう。

「俺のことなんざ、どーだっていいじゃねえか。んなことよか、ソレを見ろよ。約束通り〈仙境〉が遣わしたてめえの剣さ」

「これが僕の?」

「ああ、残念なことにエイリアンは乗ってねえ。張《ちょう》のジジイが請け合ったんだろう? てめぇにも剣をくれてやるってよ。それがこいつさ。名剣〈泰阿《タイア》〉ってな。楚王が佩《は》いてたって伝説の得物にちなんでる。イスラエルのエルビット・システムズ社との共同開発ってことになっちゃいるが、実際にゃ〈仙境〉のオーバーテクノロジーの産物。たったひとつきりの概念実証機にして多用途非戦闘機」

「概念実証? 非戦闘?」

「そいつはな、戦闘という概念を無効化する。非戦という概念を証だてるためのおめでたいマシンさ。お馴染みの神経飛翔体《ニューロ・ブレーン》の最後継機と言ってもいい。そこでクイズだ。誰が移植されてるかはピンと来るだろ?」

「まさか」僕は絶句した。

「そうさ、空に憧れたてめえのお友達。羅宇炎《ルオ・ユーエン》だ。このビルでの事故後、やつの中枢神経はアレに移植された。夢が叶ったってわけだ」

パチ、パチと李鉄拐《りてつかい》が手を叩いた。

これは死者への冒瀆だ、と僕は憤慨する。

「こんな形で羅宇炎《ルオ・ユーエン》が空を飛びたかったわけがない」

「やつはこうなるための提供承諾書にサインだってしてた。寛解者の中枢神経を搭載することを念頭に設計された最高の機体だ。羅宇炎《ルオ・ユーエン》はこいつのために、こいつは奴のために存在してたって言っていいだろうよ。奴は死んで、この星の空を飛ぶモノのうちで何よりも自由で圧倒的な何かになったのさ。奴は剣になることを誓った。あっぱれじゃねえか」

「そうかもしれない」

「そうなんだよ」李鉄拐《りてつかい》は獰猛に歯をむき出しにした。

「でも——」と僕は言った。宙に浮かぶ巨大な黒い墓標には羅宇炎《ルオ・ユーエン》の名がある。「気に食わないな。何もかも気に食わないね」

「だったらどうする寛解者？　てめえは誰を救った？　みーんな死なせただけじゃねえか。半端な義憤をチマチマ燃やして一体何してえんだ？」

「出来の悪い弟を止める。羅宇炎《ルオ・ユーエン》とね。あんたは大人しく見逃してくれたらいい」

「駄目だ。せっかくしゃしゃり出てきたのに見せ場もなしだなんて憐れ過ぎるだろ。馬鹿な身内なんざ放っとけよ。それよりちょっとでいい。俺と遊ぼうぜ」

李《り》鉄拐《てっかい》の傲慢な余裕が許せなかった。覚解者とAIのどちらが徒手格闘に秀でているかは検証の余地がある。いい機会だ。とびきりの不完全情報ゲームで競うのだ。相手は僕がこれまで戦ったどんなゲームのCPUよりも強力だろうが、オーライ、望むところだ。舞台だって申し分ない。ここは文字通り世界の頂点と呼べる高さがある。

「サンギータ。大人しくしてるんだ」

箭疾歩《せんしっぽ》という古流の歩法で僕は李《り》との間合いを一気に潰し、メキシカンボクサー風のフリッカージャブを繰り出す。対する李《り》鉄拐《てっかい》は体軸を傾けたカポエラの後ろ蹴りでカウンターを合わせてきた。鼻先を剃刀のような風圧が薙いでいく。フェイントであろうと牽制であろうとお構いなしに迎撃できる精確無比な体能を奴は持っている。唇を伝う鼻血が鉄の味になるまであと二秒。

「五〇過ぎのおっさんの動きとは思えないな」

「まあな、ちょいと無理させちゃいるが、終わったらこの身体は死なせるさ。それまで保てばいい」

身体を乗り捨て可能な消耗品として見ていない相手をどうやって攻略する？

王《ワン》の身体は人質か？　いや、どちらにしろ王《ワン》はもう助かりはしない。心理的抵抗を感じていれば勝てない。もう一度殺すつもりで挑むことが最善だ。きっぱりと状況を割り切って戦略の幅を拡げろ。

(だったら、こいつはどうだ?)

僕は距離感を誤認させる体捌きで構え直した。

身体の運動軸と重心軸をわずかにズラすことで、敵手のターゲティング精度を大幅に狂わせることができる。が、普通の人間であれば効果があるその技法も李鉄拐《りてつかい》には通用しなかった。足払いからのフック――躱されることは折り込み済み――を放ち、さらに振り抜いた前腕を畳んで肘を押し込むものの、それもあっけなくガードされてしまう。

「ぬるいぜ!」

ヒュンと唸りを上げて李《り》の頭突きが飛んでくる。僕は不格好にバランスを崩しながらも安全な間合いを稼ごうとするが、李鉄拐《りてつかい》は挙動も支点もなく漂うように距離を詰めてくる。アニメーションダンスの達人のごとく重力を感じさせない動きだった。ふわりとした踏み込みから打ち出される短打は、しかし強烈だった。

「――かはっ!」

肺腑をえぐられ、横隔膜が収縮し、吸い貯めた空気が絞り出される。衝撃は背中を突き抜けて風に混ざる。

「小細工だな。それっぽっちのトリックなら修正できる。それっぽっちのコンビネーションなら先読みできる」

「……あんたは何だ？　〈八仙〉を抜けてどうしたい？」

僕は胃液の酸味を胃へ押し戻す。

「聞けば、優しい答えが返ってくる世界だと思ったか？　ここは〈仙境〉でもなけりゃ学校でも、ましてやカウンセリングルームでもねえ。てめえが望むほど世の中は親切にできちゃいねえよ」

「ＡＩに世慣れた説教を食らうとはな」

「ビッグデータってのは世慣れたの別名だぜ」

股間に摺り上げるような足刀を貰って僕は悶絶した。女の子の前では晒したくない惨めな姿だった。サッカーボールキックで頭部を蹴り上げられて失神までもう一歩。敗北へのカウントダウンなら3から始めてもいいくらいだ。痛みの在り処がわからない。全身が悲鳴を上げている。いや僕と僕を包む風景そのものがワンワンと軋みを上げていた。

「もうやめて、全部うんざり」とサンギータが言い募るのを僕は無視した。確かにこれは子供じみた馬鹿々々しい野蛮さだ。

しかし――

「……こ、これが最後の無茶だとしたらさ……見過ごしてくれるかい？」

笛のような呼吸音の隙間で僕は言った。

サンギータは青みがかった瞳でジッと僕を見つめた。そこにはどんな感情の色も見つけられない。いや、たぶん失望だろう。見栄っ張りな徒労を見て見ない振りをしているだけなのだ。

「わかった。それなら――」と風音にかき消されそうな小声でサンギータは呟いた。

「勝って。わたしの研究には、五体満足な寛解者が……あなたが必要。だからこれ以上傷つくのは許さない」

# 10

――勝って。

美少女がそれを口にしたなら勇気百倍といきたいところだが、これは都合のいいフィクションじゃない。どこからともなく未知の力が湧いてくるわけはない。依然ピンチは変わらない。打ち倒されて見上げる空は真っ青だったが、敗色は濃厚だ。現実はいつも僕らを突き放す。李鉄拐《りてつかい》はゆっくりと歩を進め、朦朧としたままの僕を見下ろした。動く死人の背後に黒い後光のように〈泰阿《タイア》〉のシルエットが浮かんで映った。

「悪いけどな、俺はデバッグに――あのバグだらけの男に肩入れするってことにしたんだ。てめえをここでお終いにしてやるのが妥当だよな」

李鉄拐《りてつかい》は僕の胸倉を摑んで引っ張ると、高々と拳を振り上げた。

筋肉と腱が断裂するほどの限界を超えた一撃を李鉄拐《りてつかい》は放つことができる。一方僕はわずかな未来の予知ならできる。数秒後、鉄杭を打ち込まれたココナッツみたいに僕の顔面は陥没するだろう。

「お祈りの時間はくれないのか」

「戯言を抜かすな」

僕は舌打ちをした。「時間稼ぎくらいさせてくれたっていいだろ？」

「時間なんざ稼いだところで――」

「意味はあるさ。子供の頃、可愛がってくれた叔父さんが助けに駆けつけてくれるかもしれない。亀や鶴が恩返ししてくれるってこともある」と僕は不器用なウィンクをした。

「トチ狂ったなら、こっちも心置きなく仕留められるぜ」

「……それにあんたの中の毒が効いてくるかもしれない」

打ち下ろしかけた拳がぴくりと震えて止まった。

「毒だと？」

「そうさ。わからないのか？　じわじわと効いてるんだ。最初のジャブにはダイレクトに蹴りでカウンターを合わせたあんたが、次の攻撃はいったんガードしたよな。落ちてるんだよ李鉄拐《りてつかい》、あんたの性能がさ」

「下らねぇ作り話で煙に巻こうとするなら……いいさ殺す前に寝言を聞いてやるよ」

「はじめっから素で勝てるとは思ってないさ。だから仕込んだんだ。あんたを弱らせるため遅効性の毒をね」

「ふん、体内に有害な異物は感知できねえな。下手な三味線もほどほどにしやがれ。このイカサマ野郎」

「だったらその拳を振り下ろしてみればいい。もう充分だ。毒は回った」

「上等だ」

口ぶりとは正反対に李鉄拐《りてつかい》に興奮の気配はない。〈八仙〉のキャラクターはすべて表層の戯れに過ぎない。治安と防衛を司るＡＩである李鉄拐《りてつかい》も、荒っぽい性格をペルソナとして付与されただけで内面と対応しているわけではない。いや、内面というタームそのものがＡＩには適切ではないだろう。

「ほら、打てるだろう。リスクは低い」

「死ね」李鉄拐《りてつかい》がパンチを打ち下ろす。僕は不利な体勢からカウンターを合わせた。

僕の拳は李鉄拐《りてつかい》の顎骨にめり込んだが、李鉄拐《りてつかい》の拳は紙一重で僕から外れていた。危険を察知した李鉄拐《りてつかい》はフルパワーには程遠かったからダメージも軽微だったが、顎にヒビくらいなら入ったろう。

「ほら、ひとつひとつの挙動が不器用で雑になってるぞ。バレバレのテレフォンパンチじゃ僕は仕留められない。まだ認められないのか。おまえは弱くなってるんだ」

「なぜだ？　体内に毒など――」

「あるのさ。ヴィンダウス・エンジンの一部である僕が都市の負荷価値《バリュー》を左右できることに気付いているんだろう？　デバッグの反乱によって成都は厳戒態勢だ。そこに加えて僕はある刺激を及ぼした。あんたとやり合いながら、何をしていたと思う？　何仙姑《かせんこ》と協働して都市の風紀規制を強めたのさ。つまり都市の非寛容さを急激に上昇させたんだ」

「――？」

「わからないか？」

形勢逆転だ。今度は僕がこいつを見下ろす番だ。

「ゴミのポイ捨てやささいな暴言、住宅地の騒音など、取るに足らない小さな悪さえも取り締まるべく都市は過敏になった。いまやこの街はヒステリーとアレルギーで荒れ狂っている。いつもと変わらない日常を、李鉄拐《りてつかい》と呼ばれる治安維持機能は準暴動状態と認識してしまった。猫のゲップに腹を立てて害獣駆除キャンペーンを張るようなもんだ――つまり、知らない間に計算資源《リソース》の大半を割いていたんだ。僕との闘争がおろそかになるほど」

狂った免疫が正常な組織を敵と見做し攻撃する自己免疫疾患と、これは似ていた。都市の白血球はその構成要素である住人を警戒・弾圧し、到るところに小規模な炎症を作り出す。

「どうしてそんな単純なことに気付かなかった？」

「決まってる。〈八仙〉から自立しようとしたあんたは都市とのリンケージが弱まってる。糸の切れかけた凧みたいなもんさ」

「それがてめえらの仕込んだ毒ってわけか。何仙姑《かせんこ》。小癪な女め」

「静かな暴動《サイレント・ライオット》。成都の善良な住民たちがいまや反乱分子ってわけだ」

――くそったれ、と李鉄拐《りてつかい》は悪罵を吐き出した。

得意気に種明かししたものの、正直なところこれは綱渡りであり危なっかしい賭けでもあった。力を貸すと言ったが、以心伝心で何仙姑《かせんこ》が僕の意図を汲み取ってくれる保証などなく、成功したのはたんなる僥倖と言えた。

そして見る間に李鉄拐《りてつかい》の挙動は鈍くぎこちなくなっていく。

「さぁ、その身体から出ていくか？　それとも宿主の息の根を止めて〈仙境〉に叩き帰されたいか」

「くそっ！　くそっ！　くそっ！」

あまりに人間的な反応を繰り返し、李鉄拐《りてつかい》は悪あがきをする。先程と比べるなら見る影もない鈍重さだった。

通常では絶対に当たることのない愚直な貫手と掌打が面白いようにヒットした。まるでサンドバッグだ。僕は休むことなく攻撃を繰り出す。

三指を鼻筋に沿って滑らせ、二本を眼窩へ突き込んだ。

脊椎を拉《ひし》ぎ、耳を引きちぎり、両膝を叩き割り――僕は自分の行為に吐き気を覚えながら、持てるすべての暴力を振るった。加虐に酔ってなどいない。王明傑《ワン・ミンジエ》の姿はそれを許さなかった。早く終わってくれと祈りながら、血濡れた拳足を加速させる。李鉄拐《りてつかい》は暴走するカバに二度も轢かれたようなありさまだった。数えきれないほどの打撲と出血と骨折。こっちだって人のことを言えたザマじゃないけれど。

「降参しろよ。あんたは死人だ」

「……お、俺はてめえなんぞに負けねえ」

僕がついに勝利を確信したその時、息も絶え絶えに李鉄拐《りてつかい》が立ち上がると、最後の力を振り絞って走り出した。

――しまった！

敵の意図に気付いた時には、すでに初動が遅れていた。

李鉄拐《りてつかい》の向かう先にはサンギータがおり、つまり奴は女を人質にするつもりなのだ。

「来ないで！」

サンギータの叫びにお構いなく李鉄拐《りてつかい》は女の手を取って、強引にねじ伏せようとする。

――が、さらなる形勢逆転を確信したはずの李鉄拐《りてつかい》は、なぜか膝から崩れ落ちるように倒れてしまう。

「来ないでって言ったでしょう」

サンギータはそう吐き捨てた。

彼女の指には、階下の暴漢が嵌めていた指輪型スタンガンがあった。

抜け目なく奪い取っていたのだろうそれに李鉄拐《りてつかい》は触れたのだ。

さすがだ、と僕は安堵の笑みを浮かべるのと同時に、へたり込みそうになる。サンギータは駆け寄って僕の腕を支えた。

「少しだけ疲れた」全身から力が抜けていくのを感じた。

横たわった李鉄拐《りてつかい》の拡大する瞳孔、それはすなわち王明傑《ワン・ミンジェ》の死でもあった。本当であれば白離ののち数日あるいは数週間を経て、ヴィンダウス患者は緩慢に葬られていくのだったが、まるで王明傑《ワン・ミンジェ》の最後の願いであるかのようにそれは即座に起こった。

「もう大丈夫だ。怖かったろ。すまない」

「ううん。もう死んでる。この人はもう死んでるの」

手をかけたのが自分だとでもいうみたいにサンギータの声はかすれている。

しかし、彼女の大きな瞳から涙は流れない。

「ここからはひとりだ。デバッグに会う」

「会ってどうするの？」

「もうケンカはしない。ただ話すだけだ」

暴力沙汰はもううんざりだ。僕はサンギータだけでなく兄貴にも約束したつもりだった。

「そう。気をつけてください」

何万もの口にすべき言葉を押し殺してサンギータはただそれだけを告げた。

「僕はヴィンダウス・エンジン。成都と繋がる異邦人。でも、それよりも君と――」

言い終えるより早くサンギータは、僕の唇を麻花《マーファ》という棒状の揚げ菓子で塞いだ。公園の売店で買ったものだろう。僕は乱暴にそれを齧り取った。〈泰阿《タイア》〉の揺らめく影がサンギータの半身を灰白色に染める。野心と戸惑いとに潤んだ瞳で成都を眺め下す彼女もまた、この街では異邦人だった。

# 11

きつく巻いたコイルがほどけるように、無数の紐状のものが黒い影から垂れてきて傷だらけの身体を伝っていく。ゆっくり全身を覆い尽くしたそれはやがて僕の体重を持ち上げて機内へとずっぷりと吸い込んだ。揚げ菓子の甘みに一抹の名残り惜しさをおぼえつつ、僕は次の異界へと連れ込まれる。

——気付けばそこはもう空の高みだ。

言いようのない解放感とわずかな気後れ。屋上に残したサンギータはすでに豆粒よりも小さく見える。機体は、愛撫される肌のように、感光紙のように、集音マイクのように、網膜のように、虫たちの触角のように、回る風車のように——あらゆる感覚を僕に伝える。

これは僕の知っているどんな乗り物とも違った。むしろ〈洞窟《ケイヴ》〉の臨場感の中へと潜っていく感覚に近い。〈仙境〉のオーバーテクノロジーによって開発された多用途非戦闘機

〈泰阿《タイア》〉は、操縦者にコントロールを許すのではなく——乗員を有機的にその内部へと合成する。羅宇炎《ルオ・ユーエン》の中枢神経を取り込んだソレは、さらに僕を取り込むことにより並外れた完成を見た。二人の寛解者の中枢神経は、空戦における探知と予期において相乗的に機能するのみならず、存在論的《オントロジカル》ステルスとも呼ぶべきシステムを開花させた。

——そうか。これはヴィンダウスの症状の外在化なんだ。

唐突に訪れる理解。存在しているのにもかかわらず、それを認識できなくなる、というのがヴィンダウスの症状であるならば、それを航空機のステルス機能として外側に向けて発揮するというのが、このマシンの特性だった。レーダーをかいくぐるというだけのステルスではない。もっと深い部分から存在を感知させなくできる。あらゆる敵意に対して、別の位相へ滑り込むことによって交戦というシチュエーションそのものを脱臼させるのだ。発射と被弾という一連の因果は、自他が同一線上、同一平面上、同一空間上に存在するということが条件となるが〈泰阿〉はそれを無効化する。

——これが僕の剣だ。水銀でできた剣のように捉えどころなく、大空の無限のレイヤーを滑っていける。自由。僕はあらゆるものから解き放たれた。

まるで世界が僕を包んでいるのではなく、僕の手が世界を包んでいるようだ。

まるで風景が僕を含んでいるのではなく、僕の心が風景を含んでいるようだ。

まるで、まるで、まるで——とすべての主客が次々と転じながら、新たな認識と多幸感をもたらす。そう、僕が空を飛んでいるのではなく、空が僕を飛んでいる。

羅宇炎《ルオ・ユーエン》の存在をすぐ近くに感じる。あいつはここで生きてると確かに信じることができた。そして僕と接続されながら宇宙と星々とに連なっている。僕の歓喜は羅宇炎《ルオ・ユーエン》のものであり、その反対でもあった。

磁界の特殊な歪みを推力にして〈泰阿〉は飛翔した。

デバッグの操る〈神剣〉が小うるさい蝿のように纏いついてくるが、僕の剣の方が圧倒的に鋭く、そして速い。〈泰阿〉に比べるなら〈神剣〉はナマクラだ。刃こぼれした剃刀だ。やつらが〈泰阿〉に挑むのは、注射針ほど細いストローでタピオカを飲み込もうとするようなもの。虚数速度域に潜ってやつらの死角を星座さながらに結んで滑空する。あっという間に〈泰阿〉を見失った〈神剣〉六機の内半分は大気圏を突き抜ける方向へと暴走し、二機は互いを撃ち合って自滅した。残りの一機は地表すれすれを背面飛行しながら、ありもしない緊急脱出装置を作動させ、存在しないパイロットを排出した。

僕は高く舞い上がり、雲の中を躍った。

太陽を背に、あるいは太陽を目掛けて加速する。

僕と羅宇炎《ルオ・ユーエン》は、まるで産声を上げるように声なき声を上げた。

眼下に見えるのは卑小な人の営みだ。壮麗にして空虚なだまし絵である成都も、ここから眺めるならば安っぽいハリボテに過ぎない。それほどに空は広大で奥深く恍惚としている。

——さて、次はどうする、デバッグ？

一瞬にして六機の手駒を失ったデバッグの動揺が手に取るようにわかる。やつの薬指を全部へし折ってやった気分だ。足をもぎ取られた毒蜘蛛《タランテラ》。どれだけしつこく追いすがろうとも〈泰阿〉と接敵することはできない。デバッグは空という構造なき構造をあまりに知らなすぎる。どれほど速く飛んだとしても埋まらない距離というものがある。それは僕と〈泰阿〉とひとつにならなければ、ずっと理解できぬままだった真理だ。

新たな敵機は慎重に〈泰阿〉ににじり寄ってきて背後から、短距離ミサイルを発射する。ミサイルに内蔵されたシーカーは、ヴィンダウスの末期に似た症状に侵されており、あらぬ方向へと飛んでいった。盲目の中での索敵は功を奏さない。非戦闘機という名の通り〈泰阿〉にはどんな武装もない。チャフやフレアなどのミサイル対抗手段とも無縁だ。そもそも〈泰阿〉のリアクターは熱も発しなければ、排気ノズルもないから赤外線誘導ミサイルは無力でしかない。現代の電子戦と呼ばれるものは〈泰阿〉にとっては子供の泥遊びのようなもの。あまりに原始的かつ素朴だ。〈神剣〉たちに採れる手段と言えば、機銃か非誘導ミサイルか体当たりか——もしくは石でも投げるかしかなく、その中で最後のものが最も有望かもしれない。

——試してみるか？

飛行軌道を離散的に移行させていく。

戦略を特攻に変えた〈神剣〉たちがフィンガー・フォーの陣形で決死の猛追をかけてくるのを僕は鼻歌混じりに誘い込んでやる。青をキャンバスにした黒と銀の戯れ。半有人機である〈神剣〉を失うことにデバッグはためらいがない。刃が折れようと〈泰阿〉を道連れにしようとするだろう。古めかしい近接格闘《ドッグファイト》がお好みなら——どうせ映画やアニメから寄せ集めた朧げな断片だろうけど——それに付き合ってやろう。

鬱陶しい三〇ｍｍの集弾を、〈泰阿〉はフェンシングの剣先のように機首を翻して上方に回避する。〈泰阿〉の装甲は沼のように銃弾を飲み込むだけであったから被弾に危険はなかった。機体を横転させながらメビウスの輪状にループすれば、あっけなく〈神剣〉たちは無防備な背中をさらしている。四つの機影に割り込むように追い抜くと、ムキになったデバッグは追手を降下《ダイヴ》と上昇《ズーム》の二手に分け、上下から僕を挟み撃ちにしようとする。まるで肉食獣の顎のように犠牲を顧みずに突っ込んできた〈神剣〉たちに、しかし〈泰阿〉は噛み砕かれたりはしない。

——無駄だよ、無駄なんだ。デバッグ。空は誰のものでもない。何者にも切り取られることのない無限の余白だ。断裁《トリミング》されない青の余白。

真横に失速反転した〈泰阿〉は、そのまま空高くへと墜ちていく。

どこまでもどこまでも底へ、この美しい浮力に身を任せてしまいたかった。

眼下では衝突した四つの〈神剣〉たちが飛散し、旧市街の空に瓦礫の雨を降らせた。

限りない自由に酔いしれながらも僕にはわかっていた。

もう戻らなければならない。人間の世界へ。因縁と恩讐の巷へ。

忌まわしい大地に足を着け、決着の暗い谷を下るのだ。

## 12

西部軍区より動員された二六〇〇人の人民解放軍の兵たちは、空駆ける剣戟に息を飲みながら空港を占拠するテロリストを遠巻きに包囲していた。〈神剣〉たちを薙ぎ払った未知の機体への憶測は、この度のテロ行為に負けぬほどの衝撃として世界に波及し、中国の軍事力の意図せざる誇示となった。

もともとはイスラム過激勢力への備えとしての側面が強い西部軍区はこのような想定外の事態に対応し切れない。なぜヴィンダウスなる難病の罹患者が退役軍人を引き入れるのみならず、人クローンの適法化を主張しているのか、一兵卒はもちろん軍部の高官さえも理解が及ばなかった。ウイグル騒乱で威力を発揮した無数の軍用ロボットと機動兵装の出番はなかった。命令系統は混乱し、士気は低下、人もマシンもあらゆるものがひたすらに膠着と逡巡を繰り延べていた。僕は成都双流国際空港の上空に浮揚する〈泰阿〉の内側から、すべての混乱を透かし見る。〈泰阿〉とひとつになることにより寛解者である以上に研ぎ澄まされた僕の感覚は、兵士たちの発汗から、銃の電子ロック解除の信号までを捕捉する。待機中の軍用ロボット〈共工《ゴンゴン》〉のシリンダーの軋みさえもが手に取るようにわかる。ここは因縁の結び目であり、宇宙の波打ち際でもある。まるで未知なる星から来た知的生命体のように〈泰阿〉は異質な相貌を晒した。

空港の展望デッキに垂直着陸しようとする〈泰阿〉に歓迎の悪罵と銃弾が掃射される。退役軍人たちの鬱屈そのものが鉛弾になったようだ。あまりに本能的な仕草。恐怖に支配された人間の衝動は愚かというよりも滑稽で、コミュニケーションを錯綜させることしかできない。〈泰阿〉にめり込んだ銃弾は装甲の表層部分で粒子状に再形成され大気に放出されるのだったが、それを目視することはできない。

軍人たちはずぶずぶとデッキにめり込んでいく〈泰阿〉を呆気にとられつつ見送った。傍目にはまるで物質をすり抜けていくように見える〈泰阿〉だが、一度触れたものを溶解・分析し、外界のもとあった配置に並べ直しているため、そう見えるだけだ。〈泰阿〉が通る場所はすべて真新しくなる。

「撃て！　撃てよ！」

片足を引きずった軍人が叫んでいる。軍事演習中の怪我がもとで退官したものの〈神剣〉になるほどの深手には至らなかったため意に反して生き長らえた、そんな輩はごまんといる。ここに集っているのは、色褪せた余生を送るくらいならせいぜい派手な花火を打ち上げようと自暴自棄に意気込んだ連中だった。

――あんたらに付き合ってる暇はない。殺してやる価値も。どこだデバッグ？

僕はデバッグの気配を手繰り寄せた。

寛解者の意識状態と身体統御の独自性は隠そうとしなければ、漁火のように目立つ。

「こんなところにいたのか？」

荷物受取場だった。僕は何重もの襞となった〈泰阿〉の開口部から外へ出た。空港を傷つけることなく巨大な乗り物を闖入させた僕にデバッグの取り巻きたちは驚いている。ここにはほとんど軍人たちの姿はない。気のおけない仲間――つまり〈太歳《たいさい》〉によってブーストしたヴィンダウス患者——たちが集っている。

「ぐるぐる回ってる。退屈なのに飽きないな」

デバッグはベルトに運ばれるトランクを無心に見つめていた。首から頬にかけて、僕の手の甲に刻まれたのと同じ鱗状の痣がある。〈仙境〉に踏み入った者の聖痕だ。空港の機能は停止し利用客たちは解放されたが、荷物を放り出して逃げた者が大半だったようで、旅の余韻の残る様々な荷物たちがそのままにされていた。人質になっているのは空港職員の数十名のみだ。彼らは格納庫にでも囚われているのだろうか、ここに姿はない。

「羅大哥《アニキ》。そっちに味方したのかい？」

もの言わぬ〈泰阿〉にデバッグは話しかけた。

この機体の内側に羅宇炎《ルオ・ユーエン》が組み込まれていることがわかるらしい。どこか物悲し気ではあったが、その口調に恨みがましさはない。

「いいんだ。それよか空を飛べてよかったな。僕の〈神剣〉たちは蹴散らされちゃったもんな。やっぱり羅宇炎《ルオ・ユーエン》、あなたは強いよ」

〈太歳《たいさい》〉という薬のせいで疑似寛解にあるヴィンダウス症者たちは殺気立って僕に向き合った。命の前払いを終えた人間の凄愴な双眸。そうだ、こいつらにしてみれば僕も裏切り者なのだ。ヴィンダウス症者の生存に手を貸さない利己主義者。病から逃げ切ったとみるや同情の欠片もない氷の心で体制側に身を寄せた保身の徒。どれも間違ってはいない。

「やめろ。君たちだって感じるだろ？　この人はまだ〈泰阿〉に繋がってる。銃でも素手でも処置できない。見かけは多勢に無勢だからって――真実は真逆。彼だけが生殺与奪の権利を握っている。たぶん地球上で一番強い個体さ。あんなものを個体と呼ぶかどうかは議論の分かれるところだけれど」

「よく喋るな。デバッグ」

僕はトランクのひとつを摑みだした。キャスター付きのそれをデバッグへ転がしてやる。

「ここは空港で一番好きな場所だ。そわそわするけれど、荷物さえ受け取れば、空の旅や税関手続きやらの長い苦役から解放される」

「そう」と興味薄くデバッグは眠たげな目を瞬かせた。近づいてきたトランクをスニーカーのゴム底で受け止めて、「悪いけど、この国を出たことはないんだ。飛行機に乗ったこともね。僕は外に出られない。生まれた時からずっと外側だ」と言った。

「それこそ議論の余地があるが、まあいい。戦いに来たわけじゃない。かといって説得というのも穏当過ぎるか。おまえを止めに来たんだ」

「要求が受け入れられたら、すぐにでも引き上げるさ。この国じゃなくてもいい。世界中のどこかの国で人クローンが受容されれば、我々は亡命してそこで静かに暮らす」

「やり方が強引過ぎる。ここでどこかの国が名乗りを上げたとする。それは大国中国への叛意と取られかねない。どこの国がそんなややこしい立ち回りをする？」

「冴えない政治力学より切実なものがある。死へのリミットはそのひとつだろう？」

「賛成。ヴィンダウスの症状が煮詰まってもうダメだと感じた時には、世界なんて百回でも滅んじまえと思ったよ」

「僕は寛解してもまだ恐ろしいよ」

デバッグはまるでスケボーのように直立したトランクにぴょんと飛び乗った。僕は彼を見上げた。

「わかるだろ？　病気を治すためだけに人間の命を産み落とすことなんてできない。命ってのはつまり――」

「こう言いたいのか？　命は大それたものだって。そうかな？　無意味に人間は人間を産むじゃないか。ただ欲しいってだけでね。生まれてくる側の迷惑を考えちゃいない。勝手に産んだら、あとは野となれ山となれだ」

「おまえが反出生主義者だったとはな」僕は口元を歪めた。

「むしろ逆さ。同意なく産み落とされたことに恨みはないよ。生まれた途端に捨てられたことも ね。僕の場合、産道とダストシュートはひと続きだったってだけ。世の中は僕の気分になんて構っちゃくれない」

やはりフランスの記者に語った生い立ちは偽物だったのだ。羅宇炎《ルオ・ユーエン》の生涯とミックスされたデバッグの人生のいったいどれだけが本物なのか、本人自身にもわかっていないのかもしれない。

「耐えられないのは無意味ってことだ。僕が僕に似た誰かのクローンで、ヴィンダウスの治療のためにこの命があると知ったなら慰めを得られたはずだ。でも、そういうもんじゃなかった。攻略のヒントもなく放り出されたクソゲーさ」

よっ、と言いながらデバッグはトランクから飛び降りた。印字された国際航空運送協会《IATA》コードを確認する。NGOとある。

「この荷物は日本の名古屋って場所からはるばる四川省へ届いた。東京でも京都でもない知らない街だ。さて中身はなんだと思う？」

「さあね。でも名前に聞き覚えはある。何かあるはずさ。おいしい食べ物とか、出来のいい電化製品とかがね」

「見てみよう」デバッグは手下から銃を受け取ると、ロックされた錠の部分に三発の弾丸を撃ち込んだ。中身は何の変哲もないものだった。飛び出したのは大量のコルク。使用済みのものだろう。ぎっしりと押し詰められたそれは次々とこぼれ落ちてくる。

「ワインのコルク?」僕が首を傾げる。

「ははは。こりゃ驚いた。トランクの隙間という隙間にコルクがあるぞ。緩衝材にしたのか、これそのものが必要だったのか」

ほんのりとワインの香りが漂ってくる。持ち主が、どんな性癖の人間だろうと想像を巡らせてみるが、顔も素性もイメージできなかった。デバッグは、コルクの海に手を突っ込んでみる。底に沈んでいたのは、果たして一体のぬいぐるみだった。玩具を見れば、いつだって兄貴の顔がよぎる。

「こいつは熊か? それともキノコか? 変なキャラだ」

「首をもいでみろ。中にはきっとドラッグが詰まってる」

デバッグはそうした。しかし、中にはごくありふれた綿が詰まっているだけで、そこに特殊な薬液を浸みこませた気配もない。コルクの代わりにロブスターの殻だったらもっとエキセントリックだったろうか。いや同じようなものだ。他人の荷物を無断で漁る趣味の悪さは変わらない。

「肩透かしだな。トランクをぶっ壊し、ぬいぐるみを引き裂いても何も出てこない」

デバッグは肩をすくめて苦笑した。

「物事の価値はその中身を取り出せば壊れてしまう。それとも中身を取り出した瞬間に確定するのか？」

　斬首されたぬいぐるみをデバッグは無造作に放り捨てる。僕はそれを見て呟いた。

「もう終わってる。めくるめく価値変動の中で何も終わらせないための僕《ヴィンダウス・エンジン》たちだったはずだけど――」

「それにだって終わりがある」

　僕とデバッグは数秒間見つめ合った。

「おまえは白離したヴィンダウス症者を〈仙境〉に明け渡す気だろ。夸父《こほ》どもはヴィンダウスの抜け殻を依り代に物質世界にやって来る」

「それを明かして僕が焦るとでも？　仲間たちの不信感が僕を追い詰めるとでも？　みんなそんなことは承知の上でここに集っている。僕らに何も隠し事はないんだ」

「〈仙境〉は、いや李《り》鉄拐《てつかい》はおまえを利用しているんだぞ」

「もちろんだ。僕もまたやつらを利用している。彼らは〈仙境〉を守るために物質世界に基盤を得る。僕は病魔を打ち倒すために彼らの知識を借りた」

　対話はこうして平行線のまま推移する。展望デッキで僕を逃がした軍人たちも喚き散らしながらゾロゾロとやってくる。どいつもこいつも横流しされた火器の銃口を僕に向けたがっている。もしくは３Ｄプリンターでパイ生地みたいに焼き上げたプラスチック銃を。

「いずれ痺れを切らした軍が雪崩れ込んでくるぞ。取引に応じるような連中だと思うのか、いまは事態の摑みどころのなさに戸惑っているが、いったんその気になれば、どんな犠牲も顧みずにおまえたちを叩き潰す。ロートルの軍人崩れも青白い病人たちもものともしないだろう」

「だったらキム・テフン。君がそれをすればいい。突入を待たず同病の情けで僕たちをここで仕留めてしまえばいいだろう？」

「それをしないために来たんだ。おまえたちも空港の職員たちも殺さないし殺させない」

そんなムシのいい話があるか、と吠えたのはヴィンダウスの若者だった。もう事態は血を流さないでは済まないところまで来た。行き着く場所まで行くほかない。いきり立った彼らの顔つきがそう言っていた。

死をすぐ間近に控えた彼らにとって、僕は安全地帯から説教を垂れる似非《えせ》宣教師に過ぎない。彼らを動かすには僕も命を賭けるしかない。

時に最も馬鹿げた行動が、最も合理的であり得る。

「デバッグ。ゲームをしないか。命を賭けたやつだ」

意を決して僕はそう提案した。提案のみならず挑発であることも肝要だ。

「勝てば相手の言うことを聞く。こちらの要求はおまえらの空港からの即時撤退及び投降。

職員の解放はもちろんだ。それでどうだ？」

　デバッグはひとしきり思案して頷いた。

「――確かにこうしてても埒が明かないよね。君が負けたら〈泰阿〉の制御権を僕によこせ。さらに君は肉体を捨て永久に〈仙境〉に封じられてもらう。二度と物質世界には戻って来ない。どう？　それでもやるかい？」

　羅宇炎《ルオ・ユーエン》の転生とも言える〈泰阿〉さえあれば、デバッグは、この窮地を打破できるに違いない。これは互いにとって負ければすべてを失う最高にリスキーなゲームになるだろう。敗れれば僕はこの世界から追放される。チゲも食べられないし、サンギータの物憂い唇に見惚れることもできなくなる。

「もちろん」僕は言った。

　やがてベルトが止まり、荷物も動かなくなった。運動と変化の停止はヴィンダウスにとって不吉な意味を持つ。行こう、デバッグは僕を滑走路へと誘った。

# 13

――ルールは簡単だった。

いつだってルールは簡単で間違えようもない。万有引力のように公正明大で隠しようもなく、誰もが熟知している。

デバッグが考案したゲームは互いの喉元に剣を突きつけ合う、変形チキンランとでも言うべきものだった。

「〈泰阿〉を君も遠隔操作できるんだろ？」

「ああ、リンクが形成されたからな」

「だったら決まりだ」デバッグは景気よく手を叩く。

互いの操作する飛行機を着陸させ、滑走路に立つ相手の背中目掛けて同時に走らせる。より近いギリギリの距離でそれを止めた方が勝利する。つまり両者がそれぞれ相手に命を預けるわけだ。もし、誤って敵に機体をぶつけてしまった場合、コントロールを失ったもう一機が自分に突っ込んでくる公算が大きい。

「自分を生かすためには相手を生かすしかないってわけか」

「そう。こういう平和で友好的な勝負がお好みなんだろう？」

何が友好的だ。もし相手を道連れに自爆したければ、それだってお好みのままだ。

「一度停止した機体はそこでゲームオーバー。じりじりと微調整して近づけるのはナシだ。

運動の停止はすなわちヴィンダウスの死。まさに僕らにお似合いのゲームさ」

「いいだろう」

僕とデバッグは三〇〇メートルほどの距離を差し向いになって睨み合った。機首が心臓を貫く高さにするために僕らは積み上げたトランクの山の上によじ登った。地声は届かないが、インカムを通じて僕らは言葉を交わすことができる。

「こんなだだっ広い場所に出ていいのか？」僕はマイクに向けて言った。

「狙撃のことを心配しているなら、お構いなく」

「そうか。じゃぼちぼち始めよう」

最後の一機である〈神剣〉はすでに大空を舞っていた。

僕もまた〈泰阿〉を空港内部から垂直に離陸させる。性能で上回る〈泰阿〉だったが、このゲームでできるのは相手を傷つけないまま近づくことだけだ。無機物なら触れるものすべてを突き抜けながら再構成できるものの同じことを生きている人間に試したことはなかった。無傷に見えたとしてもまったく別の人間に作り直されてしまわないとも限らない。

寸止めの条件は変わらない。

「合図があれば、速やかに着陸態勢に入れ。背後に剣が迫るスリルを味わおう」

早口でデバッグが告げた。

夜と雨雲が迫ってきて空は灰色にくすんだ。まもなく合図の照明弾が打ち上げられることになっている。鳥葬のハゲタカのように中を旋回する二機。軍人も病人も誰もが固唾を飲んで見守った。鼓動が高鳴るのを僕は抑制しようとはしなかった。

「おまえらのボスは王明傑《ワン・ミンジエ》という男だった。ヴィンダウスのことを案じてた」

「興味はないな。純粋にゲームを楽しむ時間だろ」とデバッグ。

「彼もまた、ヴィンダウスが生きる方法を模索していた」

「クローンを治療法だと知っていながら隠していたなら裏切り者さ」

「こんな事態になるのをまさに怖れたからだ」

「僕たちを締め出す扉ならこじ開けるしかないだろう」

マグネシウムが明るく燃焼する。二つの機体はそれぞれに着陸態勢を取ろうとするが——

——くそっ、とデバッグがだしぬけに呟く一瞬前に足元のトランクが弾けた。数発の銃弾。デバックは咄嗟に射線から身をかわすように伏せる。

「どうした?!」

「なんでもないさ。そのまま続けろ」

〈神剣〉は降下をやめて、管制塔の屋上部分を機銃掃射した。

「狙撃されたのか」

――言わんこっちゃない。

僕は他の狙撃ポイントを素早くチェックする。

「奴らが裏切った……いや、はじめから反乱分子がいたのか。汚いネズミめ」

「仕切り直すか」僕は管制塔の上から落下する軍人の死体を視界に捉えた。

「大丈夫さ。すぐに追いつく」

デバッグの〈神剣〉は加速とともにスライスバックし、最初の着陸軌道に戻った。

いかなる降着装置もない〈泰阿〉がふわりと路面に接地した。そのまま真っ直ぐにデバッグの背中を目指して滑走していく。と、同時にデバッグの剣もまた僕の背後に迫っているのを感じた。ゾクゾクするような恐怖とそれに劣らない快感。こんなゲームをするような人間はどこか壊れているのだろう。僕もデバッグも、誰かに是正《デバッグ》される必要がある。

「動揺してコントロールを狂わせるなよ」僕は祈るように呟いた。

「さあね」デバッグは言葉をちぎり捨てる。

僕の絶妙な操作によって〈泰阿〉はデバッグの真後ろで停止し、その機首は心臓の真裏、触れるか触れないかの距離にピタリと着けた。奇跡のような離れ業だった。

――完璧だ。

僕は無言で勝利の雄叫びを上げた。

「勝ちを当て込むのはまだ早い。幸か不幸か二機のタイミングはズレた。これがどういうことかわかるかい？　〈神剣〉が君を刺し殺したとしても君の剣はもう停止している。ここで〈神剣〉が暴走すれば死ぬのは君ひとりだ。〈泰阿〉は動かせず、よって反撃も不可能だ」

そうだ。僕らは同じタイミングで剣を抜いてこそ互いの抑止力になることができる。これでは一方的に僕だけが死を突きつけられていることになる。

「デバッグ。冗談はよせ」

「動くなよ。曲芸の投げナイフと同じさ。下手に動くと危険だ」

接地後、ゆるゆると緩慢になるはずの〈神剣〉の速度が上がった。わななくエンジン音が鼓膜を揺さぶる。奴は本気か？　泥のような不信感に囚われる。デバッグはこうやって僕だけを殺すつもりなのかもしれなかった。狙撃されるというアクシデントも入念な仕込みだとしたら？　こうして僕を殺せる機会を造り出したのなら、それは天才的な知略だった。偶然であったなら、それもまた卓越したアドリブと言えよう。どちらであっても僕の負けだ。デバッグの方が役者が一枚上だったのだ。

「君は僕を信じるかい？」

「まさか」ぶるぶると震えながらあざ笑ってやる。

「機関の部品でいることしかできない君に価値はない」

「だから消すのか。かつてのおまえらがそう断じられたみたいに」

「その手で何かを掴み取ろうとしたことが？　僕らのように世界を敵に回しても」

そう言い放つデバッグの顔には、数百メートル離れた距離からでも悪魔的な笑みが貼りついているのが見える。いまさら逃げ出してもデバッグは〈神剣〉の進路を変えて僕を踏み潰すだろう。

——コッ。

——コッ。

滑走路に小粒の雹《ひょう》が降り始めた。パラパラと僕の肩を叩く音も同じ氷の粒によるものだ。

「君は臆病者だ。腰抜けだ。ここへ来てまだ死を怖れている」

「ああ、怖いさ。とてつもなくね。だとしても、おまえなんかに助けてくれと懇願したりはしない。サンギータに約束したんだ。僕は死なないと」

僕は台詞とは裏腹に死を受け入れた。背中に迫る轟音は僕を噛み砕く肉食獣の唸り声だ。

——もうすぐ終わりがやって来る。僕は血と肉片になって滑走路に飛び散るだろう。

「なら約束は反故になるな。さよならキム・テフン」

歯の根が合わない。あの寛解の夜のように僕は死の時間の中を泳ぐ。

もう数秒と経ないうちに僕は、僕という世界の断片ですらなくなる。名のない霧のような曖昧さで拡散するのだ。静かに覚悟を決めて僕は眼を閉じた。

あまりに長い一秒とその半分が過ぎ――、

「あれ?」

――僕は粉々になっていない。

轟音は頭上を走り抜けた。

「なぜ」

その光景に僕は納得がいかない。〈神剣〉は僕を轢き潰す寸前で再離陸して、僕の上を跨ぎ越して行き、ただ風圧によって髪を乱しただけだ。

「デバッグ?!」

「――変な声を出すなよ。これでもう終わりなんだからさ」

デバッグの操る〈神剣〉は垂直に空を駆け上り、ある地点でエンジンを停止させた。

「どういうつもりだ。このままじゃ、おまえの上に!」

「これが負荷価値《バリュー》への最後の介入だ。僕が死ねば、君は最小限の犠牲でテロリストから民衆を救った英雄となる。この国において強力な発言権を手に入れるだろう。ここに集ったヴィンダウス患者たちは僕に洗脳されていたのだと証言してくれ。頼んだよ、兄弟」

「お、おまえははじめからこれを狙ってたのか？」

「そうさ、うまくやったろう。不器用な陳是正《チエン・シージエン》が珍しくうまくやったんだ。褒めてくれよ羅宇炎《ルオ・ユーエン》。――キム・テフン。君は僕を信じた。逃げなかった」

「足がすくんで動けなかった。それだけだ」

自身の死でもって完結するパフォーマンス。

デバッグはもとより勝利を求めてなどいなかった。公共の敵として敗れ去ることでヴィンダウスとその治療法を広く認知させ、さらに僕を善なるヴィンダウスとして演出すること。目的は、たったそれだけだった。世界中に散らばるヴィンダウス患者は、デバッグたちの轍を踏むことなく、じっくりと世論と向き合うだろう。

「兄弟」とデバッグは言った。それは僕へなのか、それとも羅宇炎《ルオ・ユーエン》へ向けてなのかわからない呼びかけだった。

「近頃はさ、まったくもってややこしく複雑になり過ぎたよ。最後は……最後くらいは、ありふれたやり方で逝かせてくれ。単純な万有引力で」

推進力を失った〈神剣〉は真っ直ぐに落ちてくる。

まるで断頭台の刃のようなそれを、片手を差し上げてデバッグは迎え入れようとする。スローモーションのようにゆっくりと〈神剣〉は自然落下し――そうして、この悲しい目論見は成就しようとする。

「やめろ！　逃げるんだデバッグ！」

僕は思わず走り出していた。斜めに打ちつける氷の雨をかき分けて、自分の足が交互にしか出ないのをもどかしく感じながら、一歩でも速く、もっと速く、と希《こいねが》った。

一瞬にしてデバッグの姿は消えた。

滑走路と〈神剣〉の暗い隙間の中に埋もれて何ひとつ見えなくなった。

彼の蝶ネクタイはどこだろう？

どこへ行ったんだ？　あの飛ぶことのない蝶は。

## 14

〈神剣〉の墜落をきっかけに人民解放軍及び可変軍事ロボット〈共工〉は雲霞の如く空港へ押し寄せた。路面の状態に合わせて〈共工〉は四足歩行へと様態《モード》を切り替えることができたから、僕らを取り囲んだのは獰猛な犬たちのような威嚇だった。一歩間違えば虐殺の引き金となりかねない緊張が漲る。

不用意に応戦しようとする退役軍人たちに「やめろ！」と僕は叫んだ。「どっちも手荒なことはするな。彼らは投降させる。テロリストのリーダーならもういない」

デバッグへの喪失感が僕の言葉を刺々しく、そして虚しくさせる。

この巨大な軍事行動の真っ只中で僕の小さな声など誰にも届きはしない。〈泰阿〉は、なぜか僕の働きかけに反応しなかった。終末めいた騒乱を前にして僕は全くの無力で、あらゆる状況から疎外されていた。すでに事態そのものが意思を持つ生き物のようにひとりでに動き出していたからどんな努力も歯止めにならない。空港の至る場所から引きずり出されるヴィンダウスの患者たち。なけなしの弾薬を確認する退役軍人たち。テロリストでない僕まで両手を上げて、抵抗の意志がないことを示さねばならない。こちらを向く無数の銃口を同時に睨み返す千の眼が欲しかった。

「銃を下ろしなさい」

女の声だった。城市迷彩の兵士の壁がぱっくりと割れて数人の男女の差す傘がせり出してくる。

僕にはすぐにわかった。彼らは〈八仙〉だ。不気味に咲いた八つの黒い花のような蝙蝠傘がバチバチと雹を跳ね返す。成都を治める八人の人工知能がどんな気まぐれか人の姿を纏って地上に降り立ったのだ。

李《り》鉄拐《てつかい》
漢鍾離《かんしょうり》
呂洞賓《りょどうひん》
藍采和《らんさいか》
韓湘子《かんしょうし》
何仙姑《かせんこ》
張果老《ちょうかろう》
曹国舅《そうこつきゅう》

——都市ＡＩたちは伝説にある八人の仙人に近い姿を取っていた。

「お揃いだな」

「さっきは世話になったな」ボロボロの物乞いの身なりの李《り》鉄拐《てつかい》が僕の前までやって来ると乱杭歯をむき出しにした。「借りはそのうち返すぜ」

何仙姑《かせんこ》はあのシェパードでなく、四足歩行の〈共工〉を従えている。ぴったりとボディラインを強調するレザーのスーツは煽情的かつ浮世離れしている。

「さて、これでお祭はおしまい。デバッグと〈仙境〉の契約は引き続き履行される」

「死んだヴィンダウスを引き渡す契約か？」

「とはいえ、もう充分と言える数の夸父《こほ》たちがこの世界にやってきている」

白皙の美丈夫である曹国舅《そうこっきゅう》は静かに物申した。合図するように見回すと数十人の兵士たちが頷いてみせる。こいつらはすべてヴィンダウス患者の成れの果てなのだ。夸父《こほ》という知性体を宿して都市を守護しているならば、もはや成都は人間だけのものとは言い切れない。

「〈仙境〉の安寧を確保するのであれば、この数で支障あるまい」

さらに韓湘子《かんしょうし》が口を開いた。この男の面差しには、どこかあどけなさが残り、憂いを秘めた横顔が眼を引いた。

「ならば――」と別の仙人が言いかけるが、

「好きにしろ。もう何だっていいさ」

僕は〈八仙〉どもと楽しくおしゃべりする気分じゃなかった。デバッグを死なせてしまった失意の念に苛まれ、どんな気力も残っていない。最善と思える選択はどれも裏目に出た。僕はこの国へ来て治安と風紀をかき乱したに過ぎない。

「もう血を流させるな。おまえたちの権限でどうにかしろ。できれば極刑は勘弁してやってくれ。ほとんど殺していないはずだ」

「それは成都の負荷価値《バリュー》次第。そして価値と戯れるのにあなたほどうってつけの人はいない。でしょう?」

「何仙姑《かせんこ》。よせ。僕はもう成都には居られない。ここではひどいものを見過ぎた。機関でいるのはうんざりなんだ」

僕はこのふざけたシステムと袂《たもと》を分かつつもりだった。

「救えたものだってある」

「——何が!」僕は感情的になった。「郭雫涵《グオ・ナハン》、羅宇炎《ルオ・ユーエン》、王黎傑《ワン・リージエ》、王明傑《ワン・ミンジエ》、それにデバッグだって結局……」

その時、一斉に〈八仙〉が笑った。ある者は豪快に、ある者は皮肉に、ある者はむせ返るようにして……まったく、いけ好かない奴らだ。

「何が可笑しい?!」

激情に駆られた僕は何仙姑《かせんこ》の傘を取り上げて放り捨てた。

氷の礫《つぶて》が、女の美しい額を打った。

「デバッグが死んだ? さて、それは真実かしら」

「——だって、僕の眼の前であいつは」

「寛解者とて愚かな予断に真実を見失うことがあると見えるのぉ」

くくく、と張果老《ちょうかろう》が喉を鳴らした。

「なんだ、と?」

僕は〈神剣〉が墜ちた地点を振り返った。

「あれをどけなさい」藍采和《らんさいか》が艶めかしい唇で命じる。兵士となった夸父《こほ》たちが〈神剣〉の残骸を手早く撤去していくと――

ガラクタの山の下で何かが微動している。カサカサと命の気配がはためく。見れば黒々とした網目状のものが〈神剣〉からデバッグを防護していた。構造を変化させた〈泰阿〉が速やかにデバッグを覆い尽くしたのだろう、デバッグはまるで虫籠の中に囚われた昆虫のような有り様で……しかし、生きていた。

「あれは〈泰阿〉か?! あんなの僕の仕業じゃないぞ」

「そうね、あの機体は、瞬時に変形してデバッグを守ったの。あなたじゃなければ羅宇炎《ルオ・ユーエン》の意思と見做すほかないでしょう」

「そうか」

僕は脱力して膝をついた。

「羅宇炎《ルオ・ユーエン》。おまえがデバッグを――」

「斯様《かよう》な未来は予測不能だったのぉ李鉄拐《りてつかい》。賭けは無効としてよいな」

「ちっ、俺らを出し抜く人間がいやがるとはな。喧嘩も負けた上に賭けも仕切り直したぁ。

まったくついてねえ日だぜ」

「喧嘩は弱いわ、ツキもないわで、おまえさんはイイトコ無しじゃの」

「なんだとジジイ」

張果老《ちょうかろう》と李鉄拐《りてつかい》の憎まれ口の応酬がひとしきり続くなか、僕は〈泰阿〉をコントロールできなくなった理由を再確認した。もはや〈泰阿〉は飛行機の体を成していない。それは不可逆の変態を遂げた虫籠だ。ことによると揺り籠かもしれない。釜山の〈洞窟《ケイヴ》〉で見た海底のガラス海綿類に、それは似ていた。なだらかなカーヴを描く格子の中で罪のない寝顔を晒しているのは死んだはずのデバッグだった。

「無事か？」

格子に差し入れた手で揺さぶると、ううう、とデバッグは薄目を開けた。

「……どうして僕は？」

「羅宇炎《ルオ・ユーエン》だ。あいつがおまえをおまえの手から守った」

「そうか……ちぇ、余計なことをしやがって」

格子を押し広げて這い出すと、デバッグは唇を尖らせたまま、彼を運ぼうとする担架を乱暴に拒絶した。しかし身柄を拘束しようという官憲の手には抗うことはせず、とうとう連行されていった。最後に一度だけ振り向くと、〈神剣〉と〈泰阿〉と無数の旅行鞄がごちゃ混ぜになった残骸を見据えて「醜い蟻塚だ」と捨て台詞を吐いた。

「君の尽力は徒労ではなかった」と韓湘子《かんしょうし》。

「ははは。てめえの右往左往は報われたってわけだ。喜べよ！」

李《り》鉄拐《てつかい》が陽気に笑いかける。見知った王明傑《ワン・ミンジェ》の顔でなければ存外に人懐っこいペルソナかもしれない。

「あんたは〈八仙〉から離脱したんじゃなかったのか？」

「あの李《り》鉄拐《てつかい》はおまえに負けて自己解体したのさ。俺は新しい李《り》だ。とはいえ、前の野郎から受け継いでる部分は多い。やつの借りは俺の借りでもある。のしつけて返さなきゃいけねえってのも冗談じゃねえ」

「いいよ。いつだって相手になろう。サンギータには内緒だけど――あれはとびきり楽しい勝負だった」

「そうこなくちゃな。楽しみにしてるぜ」李《り》鉄拐《てつかい》は満足したのか、どんと僕の肩を小突き、あっけなく背中を向けると、すぐに兵士とロボットたちの作る黒山の中に紛れて見えなくなる。

「相変わらず身勝手な奴よ」漢鍾離《かんしょうり》が太い葉巻に苦労しながら火を点して言った。こいつもこいつで癖のありそうな面構えだ。

残り七人の仙人たちは、雨に変わりはじめた雹の中、僕を囲んで、大きな円となって立ち並ぶ。

僕はぐるりと視線を巡らせながら、

「この天気だ。さぁ、手っ取り早く、おまえたち〈八仙〉がここへ雁首揃えた理由を聞かせてもらうか」

と切り出せば、これまで頑なに沈黙を守っていた呂洞賓《りょどうひん》が前へ出た。

「君の選択に敬意を表するために我々は来た。〈成都戴天《ヴィンダウス・エンジン》〉は功績ある君に特別の権限を与えるだろう。永続しない有機の命を捨てて我々〈八仙〉の列に加わることもできるし、王黎傑《ワン・リージェ》の後釜に座って一夜の栄光を味わうことも可能だ。あるいは都市を漂う気まぐれな風来坊でいることも——」

「その前に教えろ。おまえらにとって僕たち人間とは何だ？」

「そう言ってよければ、兄弟姉妹と答えよう。我々は君たち人間のうちに我々の不完全性をより多く発見する」

「悪くない答えだ」僕は言った。「でも少し足りない。何が足りないかはわからないにしろ、きっと、ほぼ正しいんだろう。おまえらはいつだって、ほぼ正しい」

「そして君たちはいつだって、ほぼ間違っている」

ほぼ正しい存在と、ほぼ間違っている存在。なるほど、二つは兄弟と呼ぶにふさわしいだろう。歪んだ鏡を挟んで向き合うなら、僕らはそっくりに映るはずだ。

「さぁ決めたか。君は空虚なだまし絵たる成都より何を受け取る？」

僕は――……、刹那の思考が閃き、拙い言葉となって迸り出る。

そうして、シン、と冴え渡った静寂だけが残った。

空より降りしきるものが絶えた時、仙人たちもまた忽然と姿を消していた。騒乱もまた一夜の夢のように拭い去られる。黄粱《こうりょう》の一炊の夢のように。

――透き通った夜の末端、ライトアップされた滑走路の向こうから、小さなシルエットが現れる。気だるげに腕組みをした彼女がぶっきらぼうに歩き出すのを認めて僕はうなだれた顔を上げた。滑走路は支えるものとてない無防備な夜に架け渡された浮遊する橋梁だ。不確かな未来へと通じる〈洞窟《ケイヴ》〉だ。

錯綜する光と影のだまし絵を潜り抜け、ついに僕は平坦で疑いようのない目的を見出した。何をするために前へ前へと急ぐのか、もはや明瞭だ。僕が急ぐのは、彼女の腕組みを解くため――そう、たったそれだけのためだ。

# エピローグ　是正されざる世界

デバッグこと陳是正《チェン・シージェン》の行方は杳として知れなかった。

少なくとも表向きには。エア・レースの事故に巻き込まれた男の心がどう変質し、なぜあんな行動に出たのか。多くの人間はそれを知りたがったが、逮捕後の彼の処遇について誰ひとりとして、はっきりと語る者はなかった。

彼と共謀したヴィンダウス症患者たちは、楽山市刑務所か再教育キャンプに――あるいは〈太歳《たいさい》〉の濫用者たちは、まず戒毒所（麻薬中毒者更生施設）に――送られることになった。逮捕されたデバッグたちの罪状は無数に上る。

国家安全危害罪。

交通手段破壊罪。

交通施設破壊罪。

偽薬生産販売罪。

銃器弾薬爆発物危険物質窃取奪取強盗罪。

などなど、
共和国刑法は多くの罪科をデバッグたちに当てがったものの、そこにおいて裁判はおろか弁護士へのアクセスも許されなかった。

双流国際空港占拠事件として知られることになる、この一日きりの騒ぎは、しかし人民の記憶からは急速に薄れていくことになる。この事件について根気強く扱ったのは例によって海外のメディアだった。まるで緘口令が敷かれたように国内メディアはこの話題についてロをつぐんだ。この一件に見え隠れした不可解なテクノロジーと謎の多い解決への成り行きを、国家の公式記録から追うことは不可能だろう。それはトップクラスの官僚ですら閲覧を許されていない機密であり不可侵の聖域となった。

——呼称番号267　陳《チェン》・是正《シージェン》。

彼に外部からの面会が許されたのは事件より数か月の後、特殊な政治犯や著名人が収監されるという秘密刑務所・通称〈山荘〉でのことだった。チベットにほど近い自然豊かな山間部に三〇〇人に満たない受刑者が暮らす小さな敷地があった。

「久しぶりだな」

厳重な警護体制と要塞めいた威容を誇る〈山荘〉の最深部にデバッグは拘束衣を着せられてうずくまっていた。通常は許されない面会だったが、僕は勝手知ったる他人の家のごとく気安く足を踏み入れた。ただし、対話は、鉄の扉に穿たれた小さな窓越しに限られる。受刑者は痩せさらばえて今にも息絶えそうに見えた。たぶん本人が死を願っているのだろう。顔の痣は看守の暴行を受けたか――あるいは自棄《やけ》になった本人の自傷行為によるものかもしれない。もっと過酷でもっと凄惨な刑務所ならこの国に腐るほどあった。少なくとも囚人服より隙間のない拘束衣の方が独房の底冷えは凌ぎやすいだろう。

「君か。ここの連中に言ってくれないか。さっさと殺せと。どうせ死刑は免れない」

デバッグは、もぞもぞと壁にもたれかかって座ることで最低限の威厳を保つ。

再三、仲間たちと同じか、あるいは同程度に非人道的な刑務所に移送されることを望んだが、訴えはすべて却下された。仲間たちはもっと非道な仕打ちを受けていると信じているのだった。

「あいつらはもう殺されたんだろう？」

「気になるのか。口の中に電磁警棒をぶち込まれたり、肝臓を摘出されていないかと心配なのか？　おまえが無謀な企てに引き込んだんだぞ」

「ああ。もちろんだ。僕が心配なのは苦しまずにやつらが死ねたかってことだけだ」

デバッグは不機嫌に口を歪めた。

確かに、まことしやかな噂というべき以上の証言がこの国の刑事施設には集まっていた。ここは光射さぬ暗部であり、どんなグロテスクで残虐な行為が横行していても不思議ではない。無法を隠すなら法の下が一番安全だ。

「おまえと部下たちを引き離したのは、危険な連帯を当局が怖れたからだ。一緒にすればよからぬことを企むかもしれないからな。寛解者なら刑務所のセキュリティの欠陥くらい容易に見つけ出せる。そこに人手と綿密な協働があれば脱走や暴動が起きかねない」

「買い被りすぎだ」と受刑者は自嘲した。「自分の始末もつけられなかった。何もかも空騒ぎに終わった」

「負け犬の感傷に付き合う気はない。取引をしないか。おまえが従順に協力すればよし、さもなければヴィンダウスの受刑者たちは非道な人体実験に供される」

僕は冷たく言い放ったが、デバッグは眉一つ動かさなかった。

「ふん、君こそ〈八仙〉の犬になったみたいだな。あの夜、どんな取引をしたんだ。奴らの差し出すどんなご褒美を受け取った？」

「やつらに要求したのは——ささやかなことだ。玩具屋さ。仙人になるのでも権力の上層でもない。機関なんかには後ろ足で砂をかけたさ。夢を売りさばくビジネスに鞍替えしたんだ。夸父《こほ》たちと三人の寛解者から成る一風変わった玩具メーカーだ。日本のアニメキャラの海賊版グッズで荒稼ぎしてもいい」

　事件後、世界中のヴィンダウス症患者の中から僕とサンギータは数人の新たな寛解者を見つけ出した。そのうち三人を引き込んだことになる。〈成都戴天公司〉というのが帆を上げたばかりの僕の小さな船だ。

「君が玩具だと?!　誰が信じるか。くだらない」

「子供たちの触れる玩具こそが、成都だけでなく中国の——いや世界の負荷価値《バリュー》を左右する重要なものだと気付いたんだ。夸父《こほ》という油断できない兄弟との連帯をそんなふうに試してみるのもいいだろう?」

「兄弟ってのは互いにとっての海賊版みたいなものだ。出来の良し悪しにかかわらず」

　狂乱した囚人の喚き声と呪詛の歌が壁越しに聴こえる。これはいつものBGMなのだろう、気に留めた様子もないデバッグは、しかし一〇歳も歳を取ったみたいに老け込んで見えた。いまではこの辺鄙な刑務所で静かに朽ち果てていくことを心底望んでいるようだった。僕は差入れに持ってきた紙袋を鉄扉の小窓から押し込んだ。

「僕の船に乗るなら、おまえは刑期を待つことなくここを出られる。おまえの元部下たちも悪いようにはしない。どうだ？」

「ふざけるな」とデバッグは冷えたリノリウムに唾を吐いた。「機関と繋がっている限り、君の言葉を信じることはできない。彼らにどんな仕打ちをしようが構わない。ただひとつだけ要求したい。同じことを僕にもするんだ」

「いやだね。おまえの後ろめたさをどうして面倒みてやらなくちゃいけない。わかったよ。交渉決裂か。魂なら充分に切り売りしてきたはずだが、まあいい。おまえに会うのも、これっきりだ。羅宇炎《ルオ・ユーエン》もお前を生かしたことを後悔してるだろうよ芋虫野郎」

拘束衣に自由を奪われた姿は、蛹《さなぎ》にすらなれない幼虫そっくりだ。もし飛び立ちたいのなら、一度自分を内側から溶かし切らなければならない。それは寛解よりもずっと難しい変態《メタモルフォーゼ》だろう。

僕は小窓を開けたままで立ち上がった。物別れに終わりそうな面会を惜しむことはない。自由な外界へ歩み出る僕の背中をデバッグに見せつけてやるつもりだった——が、少しだけ悪戯心が芽生えた。

「ああ。デバッグ。おまえは一つだけ正しかった。僕の言葉は信用できない、か。確かにそうだ。おまえが話に乗ろうが乗るまいが、おまえの部下たちが非倫理的な実験の材料にされることには変わりはなかったよ。残念だったな。ははっ！」

道化じみた哄笑を僕は血と尿の臭いが充満する牢獄に響かせた。デバッグの顔が蒼白になり、続いて真っ赤に変わる。

「貴様！」激高したデバッグはもぞもぞと扉へ詰め寄って、硬い鉄板に額を打ち付けた。塞がりかけていただろう傷がまた開いて鮮血が滴る。

ここの刑務官たちにはあらかじめ何が起こっても手を出すなと言い含めてある。暴れた囚人は天井からの高圧水流を浴びることになっているのだが、今日ばかりはその装置も作動しない。

頭部への衝撃でよろめいたデバッグは惨めに転倒する。額からの流血が顔の半分を覆ってしまう。まるで砕けた仮面だ。こんなことを毎日のように続けているのか。サディスティックな看守であっても、さっさと殺してやるのが温情ではないかと思えてくるだろう。

「言え。あいつらをどうしたんだ⁈」

「……決まっている。世の中が眉をひそめるようなことさ。表沙汰にはできないおぞましい実験も、この独裁国家の分厚いヴェールの下でならいくらでももみ消せるだろう。こうしてこの国は先進技術を手に入れる。世界に先駆ける優位性は気弱な倫理を踏みにじった向こう側にこそある」

「言え！　でないと殺してやる！」

「そのザマでどうやって？」

喰い殺してやると言わんばかりに僕を凝視するデバッグには殺意だけではない何かがあった。それは生きることに取りすがろうとする小さな熾火《おきび》のようなものだった。そして僕が見たかったものこそ、それだった。

「教えてやろう。おまえの部下たちは人クローンの実験台になったのさ」

「——な？」一気に毒気が抜かれたデバッグは眼を白黒させた。

「王黎傑《ワン・リージエ》と王明傑《ワン・ミンジエ》を最後に頓挫していた計画を再開させた。おまえの部下だったヴィンダウスの囚人たちにはそれぞれの複製《クローン》を作った。生まれてきたクローンは国家が責任を持って養育する」

「馬鹿な。だってそれは……」

いきり立っていた受刑者は覿面《てきめん》に大人しくなった。

そうだ。そもそもデバッグたちがテロまがいの事件を起こしてまで要求したのは、クローンによってヴィンダウス症を完治させるためだったのだ。公にそれを受け入れる国家や組織はついに現れなかった。しかし、この国の非人道性を逆手に取ることでデバッグたちの願いを叶えることができると僕は判断した。医療機関ではできない処置が刑務所でなら可能だ。

「そうさ。だからおまえたちは全員逮捕される必要があった。誰も死なないままで」

僕はもう一度窓に顔を近づけた。噛みつかれることはもうないだろう。これはあの夜、空港で僕を騙して身勝手に死のうとした仕返しだ。ざまあみろ。まんまと騙される間抜けは僕ひとりでは物足りない。

「やみくもな是正《デバッグ》を求める者は粛正《デバッグ》される」

「ああ」と僕は頷いた。そいつは真理に違いない。デバッグは温和な方法を取ることも可能だったが、あえてそれをしなかった。次々に死んでいくヴィンダウス症者たちを前に彼は着実よりも拙速を選んだ。

「──なんてこった」

すると見たこともない光景を僕は目の当たりにすることになる。

それはデバッグが腹を抱えて笑う様だ。しかめ面で気難しい青年にこのような感情の発露があるのか。埃まみれの拘束衣で笑い転げる受刑者とは珍しい見世物だ。僕もまた悪くない気分になる。

「くそっ、してやられたよ。まったくつける薬もないほど愚かだ。この僕は」

「おまえの部下たちはこの実験に参加することで国家に貢献したとして赦免復権される。近いうちに娑婆に復帰さ。お望みならまたテロでもクーデターでも好きにしな」

皮肉を込めれば、独房をのたうち回っていたデバッグは顎を突き出して『ストップ』と意思表示をした。

「もういい。充分だ。これ以上僕を笑わせるな。死んでしまう」

「死にたかったなら丁度いいだろ。さ、意趣返しも済んだ。ぼちぼち本当にお別れだな。デバッグ」

僕は今度こそ対話を打ち切るために小窓の仕切りに手をかけた。これを閉じてしまえば、二人の寛解者は永遠に断絶するだろう。運命ならそれも仕方ない。

「……わかった。やるよ」鉄扉の開口部が半分ほどに縮んだ頃、呼称番号２６７の受刑者は低く恨めし気に呟いた。

「それはつまり？」

「ああ、そうするって言ってるのさ。君と組む」

差入れた紙袋は独房の床に転がっていた。中を見てみろ、と僕は促した。両手を塞がれたデバッグは不器用に中身をぶちまける。

袋の口からはみ出たのは、きれいにアイロンがけされた白いシャツ。それにヴィンダウスの色たるエメラルドグリーンの蝶ネクタイだった。

「おまえにはそいつが似合うよ。イカれたペテン師の一張羅だ」

「これは？」もうひとつ差入れに持ってきたものがある。デバッグはパネルの付いた腕時計状のものを不審そうに見つめた。

「うちが提供する玩具の試作品さ。何の変哲もないスマートウォッチに見えるだろうが、実は〈仙境〉の技術が詰め込まれている。中身はタンパク質応答性ゲルが注入されており、生命を保持しつつ成長を阻害する。ここにクローンを胚のまま入れておくことができればもしかしたら――」

「そうか」デバッグの理解は速やかだった。人権の確立されていない胚の状態のクローンであれば、いくら生産しても生命倫理に抵触しない。そしてそれが万が一にでもヴィンダウスの完治を促すのであれば――？

「そうか」と受刑者は繰り返した。「君は見つけたんだな。キム・テフン」

クローン胚の成長シミュレートモデルを〈邯鄲枕《ハンダンジェン》〉において、ヴィンダウス症者にとっての写像――失認した非運動空間へ意識を誘導する鏡、もしくはプリズム――として利用する療法が模索され始めていた。効果は未知数とはいえ、充分に試す価値のある治験として期待されている。我々〈成都戴天公司〉は、そんな時流に先駆けて動き出していた。

「なぜ本人ではなくクローンをシミュレートしなければいけないのか、そのあたりの解明はまだこれからの課題だが、ともかく強襲型仮想現実の特異な臨場感は治療に不可欠だと判明している。そして〈邯鄲枕〉《ハンダンジェン》が解放されているのは世界広しといえどもここ中国だけ、さらには中国のうちでも臨床データの蓄積量において成都に勝る都市はない。まもなく世界中のヴィンダウスたちが成都に集うようになるだろう。先端医療の聖地として成都はさらなる盛名を手にする」

「勝手にしやがれ」デバッグは吐き捨てた。

〈仙境〉には無尽蔵の知識があったが、それをこの現実世界でどう実現するかについて、あちらの知性体は無関心だ。知恵の源泉は、しかしすべての答えではない。これもまたデバッグには見抜けなかった真実のひとつだ。

「こいつが実用化したら、おまえも自分のクローン胚を造ればいい。確かに寛解者には一般のヴィンダウスのように時間的な切迫はない。でも、この症状はまだ未知の部分が多い。何十年と検証されたものじゃない限り、寛解も絶対ではなく、何かのきっかけで症状の再燃もあり得るからな」

寛解が絶対でないというのは語義矛盾だ。もし絶対的な寛解があれば、それは完治と呼ぶべきだろう。

「ああ。もっともだ。ただ、それは君にも言える」

とデバッグが水を向けてくるが、僕は返答を濁す。

なぜなら、僕はクローンを造らないからだ。それは空港を占拠したヴィンダウス症者とデバッグたちに赦免復権を与えるために僕が〈仙境〉及び当局と密かに取り交わした、約束だった。

僕は永久に完治しない。寛解者のまま留まって、死後は羅宇炎《ルオ・ユーエン》がそうしたように高性能な機械《マシン》に組み込まれる。まだ生まれ出ていないモンスターとひとつになること――それがあの夜、〈八仙〉たちに提示した取引だった。ただし、そのことをデバッグは知る必要がなかった。

「どうしたんだ?」

「いや……なんでもない」

僕のためらいを訝しむデバッグだったが、それ以上追及はしなかった。死後の自分を明け渡した僕に後悔はない。〈泰阿〉となった羅宇炎《ルオ・ユーエン》は美しかったし、大切なものを守ることさえしたのだから。遥かな未来において、きっと僕は深宇宙を舞う剣となるだろう。

「なるほどコンセプトはわかった。でもこのデザインは野暮った過ぎる。まったくもって度し難い。二日酔いの李鉄拐《りてっかい》にでもやらせたのか?」

「あの馬鹿仙人にゃデザインどころか、ぬり絵も無理だ。知っての通り腕っぷしだけが取り柄の単細胞さ」

「だろうね」デバッグはお絵描きの得意な子供みたいに笑った。

「おまえが手掛けるんだ。この死にたくなるデザインが売れ筋になるまで修正《デバッグ》しろ。世界中のヴィンダウスどもがこぞって買いたくなるような代物にしなきゃ許さない。空港を占拠するよかずっと簡単だろ」

「なかなか骨が折れそうだけど──了解《OK》、老板《ボス》」

肩をすくめた受刑者はぎこちなくはにかんだ。

同時にナノデバイスが織り込まれた拘束衣がするすると脱げていく。廊下に設置された監視カメラに僕が目配せをしたからだ。拘束衣の伸縮具合とサイズは看守室からコントロールできる。

鉄扉のロックが外れる静かな音を聞きながら、デバッグは糊の効いた新品のシャツの袖に腕を通した。何を勘違いしたのか、隣室の囚人が解放の雄叫びを上げる。解放が喪失の一過程であるにしろ、それもまた受け入れるべき変化に他ならず、あらゆる変化はヴィンダウスの道となる。

コーデュロイパンツのサスペンダーを肩に引っ掛ければ、成都の隧道《トンネル》で出会ったあの夜のデバッグが戻ってくる。血濡れた髪をかき上げて、べっとりと撫でつける。仕上げに、碧《あお》く儚げな蝶が首元に羽根を休めるなら完璧だった。

# 第八回ハヤカワＳＦコンテスト選評

ハヤカワＳＦコンテストは、今後のＳＦ界を担う新たな才能を発掘するための新人賞です。中篇から長篇までを対象とし、長さにかかわらずもっとも優れた作品に大賞を与えます。

二〇二〇年九月九日、最終選考会が、東浩紀氏、小川一水氏、神林長平氏、およびＳＦマガジン編集長・塩澤快浩の四名により行われました。討議の結果、大賞は該当作なし、優秀賞に十三不塔《じゅうさんふとう》氏の『ヴィンダウス・エンジン』と、竹田人造《たけだじんぞう》氏の『人工知能で10億ゲットする完全犯罪マニュアル』（『電子の泥舟に金貨を積んで』改題）がそれぞれ決定いたしました。

受賞作は小社より文庫及び電子書籍で刊行いたします。

優秀賞
『ヴィンダウス・エンジン』十三不塔
『人工知能で10億ゲットする完全犯罪マニュアル』（『電子の泥舟に金貨を積んで』改題）
竹田人造

最終候補作『それがぼくらのアドレセンス』酒田青枝
『サムライズ・リグ』毒島門左衛門
『識闘の弔歌』満腹院蒼膳

# 選評

東浩紀

三年連続大賞なしの結果となった。このままでは本コンテストの存在意義が問われるが、今年も意見がまとまらなかった。来年こそ、選考委員全員を黙らせる、有無を言わせぬ魅力を備えた作品を期待したい。

今年評者が強く推したのは優秀賞の『ヴィンダウス・エンジン』。難病「ヴィンダウス症候群」を発症した韓国人の主人公が、病のため手に入れた特殊能力を用いて中国の都市を支配する人工知能と戦う物語。後半にはレースや格闘の場面もありハリウッド映画もかくやという展開を見せる。アジアを股に掛ける壮大さが評価されて授賞となった。

とはいえ欠点はいろいろあって、そもそも肝心のヴィンダウス症候群の設定が致命的に曖昧。ヴィンダウス症候群は運動しか認識できなくなる病らしいのだが、なぜ同病の寛解者が人工知能に対して脅威になるのか十分に説明されていないし、他方で発症と中国のひとりっ子政策が深く関わっていることも示唆されるが、そこもよくわからない。おそらく作者は「差異だけがわかる病」という言葉に引きずられ、連想をそのまま物語に落としてしまったのではないか。連想は重要だが、それをなんらかの科学的な理屈で武装しなくてはSFにならない。実際に本作の物語はおもに台詞のやりとりで進み、地の文による客観ることとなった。

もうひとつの優秀賞『電子の泥舟に金貨を積んで』はＡＩ時代の銀行強盗物語。作者は即戦力の印象がある。エンジニアだろうか。リアリティは抜群で文章もよみやすい。物語も安定しており、評者としては驚きがなく評価できなかった。ただ登場人物は平板で、伏線もパズルのように組み立てられていて、理解可能な人工知能のほうが美しいと主人公が漏らす場面があるが、それはおそらく作者の人間観であり物語観でもあるだろう。この小説は理解可能な要素だけでできている。それを喜ぶ読者はいる。しかし評者は、「理解不可能なもの」に触れたときにこそ小説は輝くように思うのだ。

残り三作についても短く触れておく。まずは『識閾の弔歌』。怪物の攻撃に対して巨大生体兵器で戦っている並行世界の日本が舞台の物語。『新世紀エヴァンゲリオン』、そしてもしかしたら『マブラヴ』の影響をひしひしと感じる作品。筆力はあるが決定的に人物描写が浅い。とくに問題なのが主人公の少年と少女の関係で、後者は最後怪物になり少年に殺されるのだから、両者のあいだに恋愛なり憎悪なりの葛藤がなければ物語にならない。現状は少年だけの閉じた物語になっており、少女の視点の物語がない。応募者はまだ若いようなので、次回作に期待したい。

次に『それがぼくらのアドレセンス』。格差が広がり監視が進んだ未来世界を舞台にした少年少女の物語。五話連作で始まりはとても魅力的。少女マンガを読んでいるかのような視覚的喚起力があり、人物造形も繊細で期待させる。けれども最終話が尻すぼみで全体評価は低くなった。作者の関心が子どもたちの「小さな世界」にあるのはよくわかるのだが、連作である以上「大きな物語」にもしっかり結末をつけてほしい。

最後に『サムライズ・リグ』。二十二世紀のサイバーパンク日本を舞台とした少年必殺仕事人もの。好きなひとは好きだろうが、典型的なハーレムもので本賞で推すのは難しいと感じた。文学がつねに政治的に正しい必要はないが、このような作品が無邪気に出版され読まれる時代は終わりかけているのではないか。

今回でSFコンテストは八回目。評者は本欄で「SFらしいSFを読みたい」と書き続けており、今回はついにメタフィクションもなければ言語実験もない「SFらしいSF」ばかりになった。歓迎すべき事態だが、逆にきれいにまとまった小ぢんまりした候補作が目立ってしまったようにも思う。評者が『ヴィンダウス・エンジン』を高く評価したのは、本作だけが「なにかすごいことをやってやろう」という意欲をもっているように感じたからだ。

本作はエンタメの新人賞である。だからエンタメを読みたい。しかし、わがままなようだが、新人にはやはり「少し壊れたエンタメ」を書いてもらいたいのである。想像力に筆力が追いついていない、そのような過剰さを抱えた新人に出会うのを楽しみにしている。

## 選評　小川一水

応募番号順の一作目、毒島門左衛門『サムライズ・リグ』。第三次世界大戦後の近未来、国民すべてが帯刀《たいとう》した日本が舞台の、学園サイバー仕事人もの。パワードスーツでの剣豪バトルは痛快で説得力があって出色の出来で、剣士と剣士の交誼《こうぎ》も熱い。しかし学園シーンがよくない。男子主人公を敵味方の美少女が囲むハーレム配置は嫌いじゃないが、セックス抜きのやや古臭い少年漫画風お色気展開を、何もこの賞で描かずともよく、やるかやらないかビシッとしてほしかった。物語の根幹には「戦争で負けたので全国民が帯刀したところ、平和になった」というSF的な理屈があるようだが、刀で勝てない弱者にとっては厳しい世界のはずだ。そのフォローがないし、帯刀インフラが広く根付いた社会に見えないのも残念だった。

二作目、満腹院蒼膳『識闘の弔歌』。一般人がランダムに突然変身し、怪獣・識人になって都市を破壊する二〇二〇年の日本。国軍の巨大生体兵器、破龍兵装がこれを倒す。単なる怪獣ものではなく、パイロットである父と学生である息子の相克を核心に据えており、『新世紀エヴァンゲリオン』や『蒼穹のファフナー』を意識して越えていく話かと期待した。しかし語りが進んでも識人にまつわる謎は解かれず、新しい展望が開けることもなく、死と破壊と再起不能が描かれ、主人公が失敗と喪失に直面して終わった。読了後の徒労感は大きい。しいていえばこれはある物語の「前半」でしかない。筆者十九歳にしては非常に文章力が高いので、もっと視野を広く、オリジナリティを強く。十八人分散搭乗巨大兵器による市街地対戦シーンは魅力があった。

三作目、酒田青枝『それがぼくらのアドレセンス』。時代と国際情勢は明示されないが近未来らしく、支配者と被支配者に分断された世界を舞台とする。各地の思春期の少年少女を覆う閉塞の光景が描かれ、しまいには天才少年が世界破壊革命を断行する。短篇五本の連作だが、確かな筋書きや因果が構成されているわけでもなく、匂わせ的な列挙に留まり、具体的な技術や用語の描写は弱い。選外としたが、おそらくこの話は、少年が世界を改善する拙作『不全世界の創造手《アーキテクト》』と表裏の位置にあり、直す代わりに同じパワーで破壊に出たものだと受け取ったので、テーマは棄却しない。四章の奴隷の反乱のみ快哉。

四作目、十三不塔『ヴィンダウス・エンジン』。静止物が見えなくなる架空の奇病と戦う男が、身体操縦と情報処理にまつわる新境地に達して、一種の超人となる。都市管理AIにその能力を求められ、新時代のサイバー都市・中国の成都へ乗りこむ。やがて同地の患者たちや実力者が入り乱れる中で、スパイ戦争と反乱に巻きこまれ、巨大なネットワークの果てで超越的なシンギュラリティ知性群と出会う——という筋書きだが、まず読んで心地よい文体で構成されていることが強かった。一人称で斜に構えた蘊蓄を垂れられると鼻につくものだが、この作者にはそう感じさせない技量がある。逆にまずいのは恋愛まわりで、初読時、インド人女性キャラは出てこないほうがいいと感じた。またフィクションを成立させる論理の連鎖もやや危ういところがあり（奇病だと格闘の達人になるのか？身体パラメータで都市管理するのはどういう感覚？）、優秀賞に推した。そういった細部が完璧なら大賞に値する作品となっただろう。

五作目、竹田人造『電子の泥舟に金貨を積んで』。序盤の銀行強盗逃亡シーンですでに他社の賞を取った作品を、改訂長篇化して応募してきた作品であり、確かに面白い。今回最終候補五作品中で、現代コンピューター描写、文章の歯切れの良さ、面白さが随一だった。加えて主役二人の男たちと、ヤクザの若頭、カジノのボス、陰険なライバルプログラマーなどキャラクターも粒立っている。爽やかさ、も挙げていいだろう。よく読めば疑わしい個所もある。たとえば実際の自動運転車はカメラ入力だけでなくミリ波レーダーやレーザーレーダーで周辺環境を把握しているし、空調機に札束を放り込めばフィルターで詰まる。そういった些事をまあいいかと思わせるパワーが、この話にはあり、実際そういったことは選考の際に問題にならなかった。問題になったのは物語の大詰めにおける主人公たちの判断だ。彼らはＡＩブラックボックスの可視性にまつわる議論を交わして、ある選択をする。はたしてその結論は、ＳＦ的か、人間的か。この話はＳＦか、エンタメか。この終わり方は、過去の大賞受賞作である『みずは無間《むげん》』『ニルヤの島』『ユートロニカのこちら側』『構造素子』『コルヌトピア』に匹敵しているか。その検討の結果、優秀賞との評価になった。

## 選評　神林長平

例年選考作に共通する傾向が見られて感慨深いのだが、今年は、いまぼくらが生きているる世界の閉塞感を背景にしつつ、この厳しい現実をエンタメで乗り越えようとしていると感じさせる力作がそろった。面白さはみな申し分ない。だが、大賞に推すにはSFや文芸面での驚きや新しさがすこしずつ足りない。

『識閾の弔歌』、これは他の四作品がリアルな現実を反映しているのに対して、依拠しているのがリアル世界というより『エヴァンゲリオン』などの虚構だ。作者は、自分はなんのために書くのかという〈現実〉を見出せていないように思える。主人公は（作者も）、自分がやったことはいったいなんだったのかをラストで総括すべきだろうに、曖昧にしたままで納得してしまっている。ゆえにカタルシスが得られない。たぶん作者自身も。

『サムライズ・リグ』は、巨乳の美少女にもてたいというオタク少年の願望を充足する作品といえば身も蓋もないが、身の回りの暴力から身を護るにはもはや国家は頼りにならない、ゆえに性別問わず帯刀して各人武装しなければならないということの世界は、まさにいまの時代感覚を反映している。この状況設定そのものは理解できるものの、設定の背後にある軍事力学や戦争の暴力性についての著者の考察は浅いと言わざるを得ない。身体的な快感を満足させるエンタメとして素晴らしく面白いのに、ときおり作者の本音らしきものがのぞくのが邪魔だ。エンタメの奥義《おうぎ》は作者の生《なま》の気配をいかに隠すかにある。

『ヴィンダウス・エンジン』は、中国の先端技術のいまを感じさせる作品。主人公が韓国人なのも自然だ。つまり、日本はもはやこういう電脳都市管理やＡＩ技術の最先端からは遠く隔てられた後進国になっているので、日本人の主人公や日本の都市が舞台ではリアリティが得られないのだ。このいま進行中の現実感覚を捉えている作者のセンスを評価した。文芸作品としては、ＳＦ設定も物語の進行も面白いのだが、主人公をはじめ登場人物の造形に特徴がない。みな同じような価値観をもっていて真に反目しあうことのない人物に見えるため、同じキャラが役を演じ分けているような現実味が薄い感じになっている。また、主人公がこの病気を最初の時点で自らの力で寛解に持ち込むときの書き込みが足りない。ここは物語の基本となる重要な場面なのでもっとねちっこく描写し説明すべきだろう。この前と後とでは世界が違って見える、これは凄い変化だと、読者にも体感させなくてはならない。なにを重点的に書くべきか、どこを省いてもいいのか、いくつもあるアイデア（実に魅力的だ）を、なにを基準にどう統合するかなど、作家が無意識のうちに判断している基準点が、この作者の場合すこしずれている感じがする。

『電子の泥舟に金貨を積んで』は、エンターテインメントの見本のような作品。悪役は最後まで悪役で、情けない性格の主人公も最初から最後までぶれない。キャラたちの造形もいい。完璧なエンタメであり、まさにAIが書いた作品のようだ。換言すれば、構成上の新奇性はまったくない。しかし扱っている内容が日本でのAI技術が世界レベルからは周回遅れになっているというシリアスな現状であり、その技術周りの蘊蓄も、おそらく作者にとって身近なものなのだろうと感じさせて、ただ面白いだけではない知的な好奇心を刺激することで、SFになりおおせている。個人的には、強いAIを否定する内容に、SFならばこれを乗り越える（現実を超える）視点が必要だろうと反発を覚えた。作者にはAIの現実が見えすぎて想像力を割り込ませる余地がないのかもしれない。ゆえに大賞には推さなかったものの、こちらの反感をねじ伏せる筆力を評価した。

『それがぼくらのアドレセンス』は、いまの格差社会の生きにくさをそのまま表すがごとき、さまざまな立場で生きる十五歳の子どもたちの日常が語られる。それぞれが寓話性に富み、興味深く読ませる。これをどう収めるのかと読み進めていったところ、ルイという愛を渇望する天才少年の破壊衝動のままに既存社会は暴力的に破壊され、『それがぼくらのアドレセンス』の一語で終わる。このラストには唖然とした。全世界の十五歳が例外なく全員生き延びられたのなら新人類誕生の話になるが、そうは読めないので、この物語の結末は「ぼくら（全ティーンズ）の」ではなく、「ぼくの」身勝手にすぎない。ルイはそこを履き違えているが、かれには通じない。この破壊は思想的なテロではなく動物的な行為なので、人間＝大人の特性である理性（ＳＦの本質）からは反論や批判のしようがないのだ。壊したものは直しましょう、と選考者はつぶやくしかない。

## 選評　塩澤快浩（ＳＦマガジン編集長）

私の場合、やはりどうしてもエンターテインメント小説としての評価になる。今回は三作に4の評価をつけた。

満腹院蒼膳『識闘の弔歌』は、十代でこの文章力は信じがたい。そのせいで余計、物語世界の狭さが気になった。この設定であれば、広大な地下都市や海外の状況など、描写すべきことはいくらでもあるだろう。これから実生活と虚構でいろんなことを経験すれば、凄い小説が書けるはず。

酒田青枝『それがぼくらのアドレセンス』は、連作の構成が失敗している。一話ごとは読者の心を動かす清新な物語になっているのに、似たような話が連続するため全体に単調な印象になってしまっている。加えて、他の選考委員も書いているように結末が弱い。最終話ひとつ手前の、予期せぬカタストロフィーが最も興奮した。

そして毒島門左衛門『サムライズ・リグ』は、個人的には授賞してもよかった。中盤クライマックスまでの謀略ものとしての構え、アクション描写は圧倒的。それが後半は、展開が広がるどころか、学園ハーレムものの関係性へと矮小化されてしまった。ハーレム要素があること自体は一向に構わない（必然性があるし）。ただ、その甘さは、主人公の懊悩と父の修羅、そして殺伐とした世界を最後まで描き切ってこそ活きると確信している。

そして、優秀賞に決まった二作であるが、私はそのうちの十三不塔『ヴィンダウス・エンジン』には3の評価を、竹田人造『電子の泥舟に金貨を積んで』には5の評価をつけた。『ヴィンダウス・エンジン』は、アイデアの転がし方が科学的（論理的）でなく、すべて文学的なメタファーによっている。必然的にキャラクターが物語を駆動するのではなく、テーマが無理やりキャラクターを動かしている印象だった。

いっぽう『電子の泥舟に金貨を積んで』は、夢破れたＡＩ技術者と、映画マニアのやくざという主人公二人の設定が、この小説のアイデアと会話、アクションの隅々にまで活かされていて、エンタメとして最上の部類であると評価している。

本書は、第八回ハヤカワＳＦコンテスト優秀賞受賞作『ヴィンダウス・エンジン』を、加筆修正したものです。

著者略歴　1977年愛知県生，本作で第8回ハヤカワSFコンテスト優秀賞を受賞し，デビュー。

HM=Hayakawa Mystery
SF=Science Fiction
JA=Japanese Author
NV=Novel
NF=Nonfiction
FT=Fantasy

# ヴィンダウス・エンジン

〈JA1458〉


二〇二〇年十一月二十日　印刷
二〇二〇年十一月二十五日　発行
（定価はカバーに表示してあります）

著者　十《じゅう》三《さん》不《ふ》塔《とう》
発行者　早川　浩
印刷者　白井　肇
発行所　株式会社　早川書房
郵便番号　一〇一 - 〇〇四六
東京都千代田区神田多町二ノ二
電話　〇三 - 三二五二 - 三一一一
振替　〇〇一六〇 - 三 - 四七七九九
https://www.hayakawa-online.co.jp


乱丁・落丁本は小社制作部宛お送り下さい。送料小社負担にてお取りかえいたします。


印刷・株式会社精興社　製本・株式会社フォーネット社



ISBN978-4-15-031458-3 C0193




本書は活字が大きく読みやすい〈トールサイズ〉です。